길 위에서 책을 만나다

# 길 위에서 책을 만나다

노동효 지음

오픈하우스

# 여행은 책이다

세계는 한 권의 책이다.
그리고 여행하지 않는 사람은 단지 한 페이지만을 읽을 뿐이다.

– 성 아우구스티누스

소년은 여름날 마룻바닥에 배를 깔고 엎드린 채《닐스의 신기한 여행》을 읽으며 자신도 닐스처럼 작아져 철새를 타고 먼 나라로 여행하고 싶다고 생각하곤 했다. 겨울밤엔 이불 속에 웅크리고《15소년 표류기》를 읽으며 친구들과 함께 무인도에서 사계절을 지내보고 싶다는 생각을 했다. 그때를 대비해《로빈슨 크루소》를 어떤 책보다 더 꼼꼼하게 읽었다. 해질 무렵까지 친구들과 놀다가 "밥 먹으러 온나" 하고 대문 앞에서 외치는 어머니의 목소리에 집으로 들어오면 식사를 끝내자마자《소년소녀 세계문학》중 한 권을 꺼내 읽었다.《소년소녀 세계문학》외에도《한국 위인전》,《세계 위인전》등 전집류가 차례차례 책장에 자리 잡았지만 한 달이 가기도 전에 다 읽어버리곤 했다. 소년이 태어난 가정의 형편은 부족하지는 않았지만 넉넉하지도 않았다, 소년이 읽고 싶은 책들을 모두 다 사들이기엔. 그래서 소년은 늘 책이 고팠다. 그래서 읽었던 책을 읽고 또 읽었다.

이미 읽은 책이라고 해도 그날 저녁에 읽을 책을 고르는 순간은 언제나 설레었다. 보통 한 권당 서너 번을 읽었지만 더 자주 손이 가는 책들이 있기 마련. 소년에겐 로드무비처럼 길 위에서 이야기가 전개되거나 미지의 세계에서 벌어지는 모험이야기들이 그러했다.《그리스 신화》를 읽을 때도 제우스나 헤라

같은 신들이 등장하는 장면보다 페르세우스와 헤라클레스 같은 영웅이 겪는 모험담에 더 마음이 끌렸다. 《허풍선이 남작의 모험》, 《돈키호테》, 《보물섬》, 《신밧드의 모험》, 《서유기》, 《해저 2만리》, 《80일간의 세계일주》, 《걸리버 여행기》, 《오즈의 마법사》, 《파랑새》 등이 자주 선택받는 책이었다. 자신이 태어난 부산이 세상의 전부라고 여기던 시절, 온종일 쏘다니다 집에 들어오면 소년은 또 다른 여행을 떠나곤 했다. 그래, 책을 읽는 것이 여행이던 시절이었으니까.

길과 여행과 모험 이야기를 유난히 좋아하던 소년은 커서 방랑자가 되었다. 그러나 어린 시절 읽었던 신화나 동화 속의 세계로 떠날 수는 없었다. 대신 현실의 길 위에서 책 속의 길들 못지않게 넓고 신비로운 세계를 만났다. 고성, 사막, 설산, 폭포, 바다, 신전, 폐허, 호수, 히피, 탈영병, 사기꾼, 부랑자, 수도승……. 그렇게 낯선 고장과 낯선 사람들을 만나며 알게 되었다. 어린 시절엔 책을 읽는 것이 여행이었다면 이젠 방랑자가 되어 여행을 하는 것이 곧 책을 읽는 것이란 사실을. '세상은 한 권의 책이다' 라는 성 아우구스티누스의 말은 방랑자의 나침반이 되었다.

세상은 무한한 페이지들로 이루어진 한 권의 책이기도 했지만 또한 수많은 책들로 이루어진 하나의 도서관이기도 했다. 낯선 여행지, 신기한 풍경, 이상한 사람들. 길 위엔 책들로 가득했다. 그리고 길은 방랑자가 오래 전에 이미 읽었던 책들을 다시 되살려 읽어주기도 했다. 크로아티아의 자그레브역 광장은 페터 빅셀의 《책상은 책상이다》를, 인도 보드가야에 있는 하리옴 레스토랑은 라즈니쉬의 《틈》을 읽어주었으며, 태백 사북간 옛 국도는 조세희의 《침묵의 뿌리》를, 지리산 마을과 마을을 잇는 둘레길은 브르통의 《걷기 예찬》을, 검룡소로 가는 오솔길은 막스 피카르트의 《침묵의 세계》를, 오리배 떠다니는 산정호수는 박민규의 〈아, 하세요 펠리컨〉을, 파키스탄의 이슬라마바드 투어리스트 캠프는 예이츠의 〈이니스프리 호수섬〉을, 예수원 공동체는 《진보와 빈곤》을, 강화도 동막교회 앞길은 함민복의 〈뻘에 말뚝 박는 법〉을, 네팔의 랑탕 히말라야 트렉킹 코스는 윌리엄 어니스트 보우먼의 《럼두들 등반기》를, 캐나다 세인트 로렌스 강의 유람선 여행은 《불가능한 여행기》를, 단풍 든 1034번 지방도로는 임어당의 《생활의 발견》을, 제주도 중산간에서 겪은 목장생활은 롤프 포츠의 《여행의 기술》을 읽어주었다. 그렇게 길들이 읽어주는 문장을 들으며 방랑자는 눈을 떴다. 세상을 살아나가는 데 우리가 정말 알아야 할 모든 것은 이미 오래 전에 다 배웠음을, 다만 우리가 잊고 지냈을 뿐.

어느 날 방랑자는 옛 친구를 만났다. 친구는 도대체 삶을 어떻게 살아가야 될지 모르겠다고 한숨을 쉬었다. 방랑자는 말했다. 그럼 한번 길을 떠나봐. 그러면 네 영혼이 가장 명징하던 시절에 읽었던 시들을, 문장들을 길이 읽어줄 거야. 우리가 삶을 모르기 때문에 삶이 힘든 것이 아니야. 친구는 청춘 시절 〈죽은 시인의 사회〉를 보고 "카르페 디엠(Carpe Diem)" 이란 경구를 무척 사랑했다. 현재를 즐겨라. 그러나 친구는 지금 그 경구를 한 번도 들어보지 못한 사람처럼 살아가고 있었다. 방랑자가 다시 말했다. 네가 그 경구를 모르기 때문에 힘든 게 아냐, 잊어버렸기 때문에 힘든 거야. 앞이 보이지 않는 밤길, 그 어둠 속에서 길을 잃지 않기 위해선 등불이 필요해. 네 마음 속, 꺼진 심지에 다시 불을 붙이기 위해 필요한 것은 반드시 새롭거나 낯선 것이 아니야. 네가 잊어버리거나 잃어버린 문장들이야. 여행을 떠나 길이 그 페이지를 펼쳐 문장들을 읽어줄 때를 기다려. 어둑어둑해져 가는 길 위로 한 점 한 점 켜지는 차창 밖의 풍경들이, 텐트를 두드리는 빗방울들이, 침낭 위를 지나가는 바람이 읽어줄 거야. 네가 그동안 잊어버린 문장들과 잃어버린 책들에 대해서.

여기 길이 내게 다시 읽어준 스물네 권의 책을 내려놓는다. 대부분은 2009년 3월부터 12월까지 한겨레에서 〈녹서광 노동

효의 썸플레이스〉란 제목으로 연재된 칼럼에서 가져온 것들이다. 연재 분량상 줄인 원고를 다시 펴기도 했고, 그 전에 〈아웃 오브 서울〉로 연재된 원고도 정리해서 포함시켰다. 많은 책을 읽기보다는 한 권의 책을 거듭 읽는 독서습관을 가진 필자를 졸지에 '독서광' 으로 만들어 버린 남종영 기자. 아닌 밤중에 홍두깨, 아니 '독서광' 이 되도록 만든 장본인이지만 누구보다 고맙고, 고맙다는 말을 전하고 싶다.

2010년 봄, R로부터

# c·o·n·t·e·n·t·s

# 01
# 열차 시간을 모두 외운 사나이

《책상은 책상이다》와 자그레브에서 만난 국제 부랑자, 막스

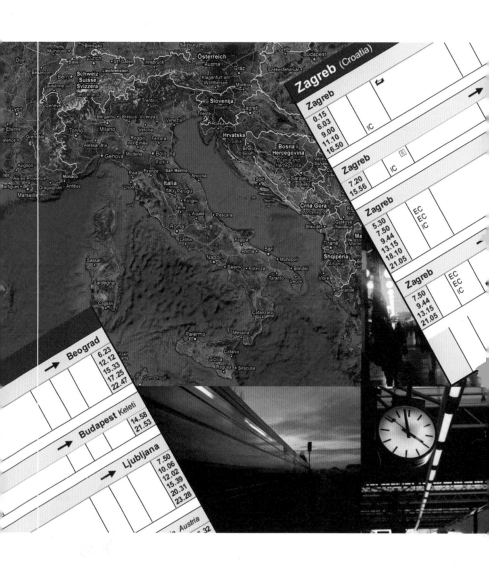

눈 뜨면 다른 도시에 도착하리라는 설렘,
야간열차는 세상에서 가장 행복한 불면을 안겨주는 공간이다.

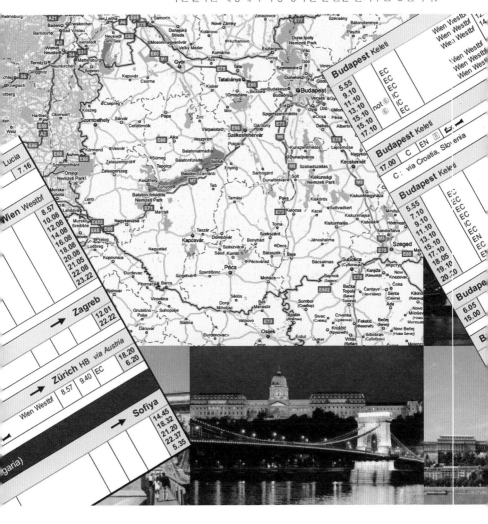

페터 빅셀의 《책상은 책상이다》를 읽은 것은 내 나이 열여섯의 어느 날이었다. 책 속에는 정말 이상한 사내들로 가득했다. 자신이 알고 있는 모든 것을 믿을 수 없다며 우선 '지구는 둥글다' 는 것부터 확인하기 위해 길을 떠난 뒤 돌아오지 않는 사내, 매일매일 아무것도 달라지는 게 없는 일상이 지겨워 모든 사물의 이름을 다른 이름으로 바꿔 부르다가 결국 아무하고도 대화를 할 수 없게 된 사내, 세상을 등지고 발명에 전념하다가 수십 년에 걸쳐 완성한 발명품이 이미 발명된 텔레비전이라는 것을 알게 되는 발명가, 요도크 아저씨에 관한 이야기만 되풀이하다가 결국 세상의 모든 단어를 '요도크' 라고 부르게 되는 할아버지, 더 이상 아무것도 알지 않기 위해 모든 것을 배우려고 했던 사내……. 책을 읽다 보면 내 정신까지 이상해지는 그런 책이었다. 아마도 페터 빅셀이 이야기하고 싶었다는 '소외와 의사소통의 부재'에 대해서 이해하기엔 내가 너무 어렸기 때문인지도 모르겠다. 어쨌든 나도 세월이 흘러 어른이 되었고, 많은 사람들을 만났고, 때론 여행을 떠나기도 했다.

유럽을 여행하던 중 만난 막스는 마치 《책상은 책상이다》에서 현실 세계로 툭 튀어나온 인물 같았다. 그는 '기억력이 좋은 남자'의 후일담을 보는 듯한 친구였던 것이다.

내가 아는 어떤 남자는 열차 시간표를 하나도 빠짐없이 외우고 있었다. 세상에서 그를 즐겁게 하는 유일한 것이 바로 열차였기 때문이다. 그래서 그는 온종일 역에서 살다시피 하며 열차들이 도착하고 떠나는 것을 지켜보았다. ……(중략)…… 그는 열차 하나하나를 다 알고 있었고, 그 열차가 어디서 출발해서 어디로 가는지, 어느 시각에 어디에 도착하는지, 그리고 그곳에서 다시 어떤 열차가 출발해서 언제 도착하는지를 모조리 알고 있었다.

– 페터 빅셀의 《책상은 책상이다》 중에서

기차를 타고 헝가리의 부다페스트역을 출발해 발라톤 호숫가에서 하룻밤 머문 뒤, 크로아티아의 수도 자그레브역에 도착한 것은 해가 다 저물 무렵이었다. 나는 다시 야간열차로 갈아타고 아드리아 해에서 가장 크고 아름다운 항구도시라는 스플리트로 갈 예정이었다. 아직 2시간 정도의 여유 시간이 있었다. 나는 역 광장에 퍼질러 앉아 헝가리산 담배 한 개비를 꺼내 물었다. 그때 금발의 사내가 다가왔다.

"나도 담배 한 개비 줄래?"

나는 호주머니 속에 집어넣으려던 담뱃갑을 다시 꺼내 그에게 한 개비를 꺼내주었다.

"흠, 이건 헝가리 담배잖아. 난 독일 담배만 피워. 독일 담배는 없니?"
"응"
"그럼 나 한 푼만 줄래?"

마치 오래전부터 알고 지내던 사이인 양 능청스런 녀석의 요청에 나는 어느새 지갑을 열고 있었다.

"에이, 이건 달러잖아. 도로 가져 가. 너 혹시 마르크는 없어?"

동냥질을 하면서 국적을 가려 돈을 거절하는 거지라니, 정말 이상한 거지였다. 독일에서 왔다는 그의 이름은 막스. 그는 이제 크로아티아에서의 생활이 지겨워졌고, 기차표만 마련하면 고국으로 돌아갈 거라고 말했다. 그러면서 계속 마르크가 필요하다고 중얼댔다. 나로선 도무지 이해가 되지 않았다. 달러를 마르크로 환전하면 되지, 왜 꼭 마르크가 필요한 것일까? 이해할 수 없는 건 그 뿐만이 아니었다. 각 나라에서 오는 모든 열차 시간을 달달 외우는 그는 기차가 도착할 때마다 사라졌다가 다시 나타났는데, 그럴 때면 매번 한 아름의 잡지를 가지고 돌아왔다.

대체 막스는 뭘 하던 작자였을까? 그는 잡지 속의 그림과 사진들이 어느 미술관에 소장되어 있는지 죄다 기억하고 있었다.

"어디 보자, 이 그림은 구겐하임에 있어. 휘릭. 아, 이 그림은 테이트 갤러리에 있지. 휘릭. 이 그림은 루브르 박물관에 있어."

그렇게 승객들이 두고 내린 잡지를 들여다보며 수록된 미술작품이 소장된 장소에 대해 가르쳐 주었다. 그러다 문득 그가 물었다.

"지금 몇 시야?"
"7시."
"아이쿠! 커피 타임이네, 커피 마시고 다시 올게."

새벽마다 정차되어 있는 열차에 숨어 들어가 잠을 잔다는 노숙자가 커피 타임을 꼬박꼬박 챙기는 여유라니 도무지 알 수 없는 친구였다.

그렇게 2시간가량을 보내고 나는 막스와 헤어져 야간열차에 올라탔다. 열차 복도에는 자대 배치를 받아 떠나는 크로아티아 군인들로 가득했다. 밤새 기차는 산등성이를 따라 바다를 향해 달렸다. 덜커덩, 덜커덩. 유고 내전으로 부서진 집들과 뒤집힌 군용트럭들이 벌판 곳곳에 버려져 있었다. 나보다 앳된 얼굴의 군인들은 잠들지 못한 채 복도로 나와 담배를 뻐끔뻐끔 피워댔다. 내가 잡은 침대칸으로 돌아와 보니 모든 사람들이 각자의 침대에서 잠들어 조용했다. 나는 불을 끄고, 침대칸 2층으로 올라갔다. 어두운 유리창에 발가락이 닿았다. 아, 차가워. 고개를 들어 발치를 내려다보았다. 초승달이 발아래 있었다. 기차는 그렇게 덜커덩거리며 불면의 산악지대를 지나갔다. 나는 문득 페터 빅셀의 소설에 등장한 '열차 시간표와 그 도시의 계단 숫자를 모두 외운 다음 전 세계 모든 도시의 계단 숫자를 알기 위해 기차를 타고 떠났던 사내'가 자그레브역에서 만난 막스 같은 사람이 아니었을까 하는 생각을 했다. 그 사내도 막스처럼 세계의 모든 그림들이 어느 미술관에 소장되어 있는지 알고 싶어졌던 게 아닐까, 하고 말이다.

# 02
## 숙제하러 여행 왔니?

오쇼 라즈니쉬의 《틈》과 인크레더블 인디아

바라나시에서 갠지스는 북남으로 흐르고,
하여 일출과 일몰은 가장 아름다운 시간이 된다.

여행을 떠나기 전에 읽어두면 유익한 책으론 어떤 게 있을까? 많은 사람들은 여행지의 정보가 속속들이 담겨 있거나 현지에서 찍은 생생한 사진들로 워밍업을 시켜주는 여행에세이를 먼저 꼽겠지만 만약 같은 질문을 내게 한다면, 오쇼 라즈니쉬의 《틈》을 권하고 싶다. 아, 당신의 여행지는 인도가 아니라고? 그렇다 해도 《틈》을 추천하겠다. 여행에서 가장 중요한 것은 꼼꼼한 정보나 빈틈없는 일정이 아니라 여행을 대하는 '자세'라고 생각하기 때문이다.

여행지에 도착하기 전에 미리 교통수단, 숙박업소, 볼거리, 식당 등등의 모든 것을 정해 놓아야 안심이 된다는 여행자들을 종종 만난다. 그럴 때면 난 그들이 '숙제'를 하러 온 것인지, '여행'을 하러 온 것인지 어리둥절해진다. 그들은 늘 정해진 대로 굴러가는 일상을 벗어나고 싶어서 여행, 즉 낯선 길 위에 서 있던 게 아니었단 말인가?

두려워하는 사람은 좀처럼 실수하지 않는다. 그들은 잘못을 저지르지 않는 대신, 텅 빈 삶을 살아간다. 그들은 존재를 위해 어떤 것도 기여하지 않는다. 이 땅에 와서 무료하게 있다가 죽는 게 그들이 하는 전부이다.

— 오쇼 라즈니쉬의 《틈》 중에서

짧은 여행에서 돌아와 쉬던 어느 주말, 도서관에 들러 '과거'와 '미래' 사이를 한가롭게 어슬렁거리다가 '영원'으로 통하는 틈을 발견했다. 아니, 그런 문장이 박혀 있는 책을 발견한 것이다. 오쇼 라즈니쉬의 《틈》. 범상치 않아 보였다. 그렇지만 책 제목이 《틈》이 아니었더라면 책의 틈을 벌리고 안을 들여다 볼 생각은 전혀 하지 않았을 것이다. 그런 영화 있지 않은가, 너무 많은 사람들이 얘기해서 안 봐도 이미 내용을 다 알고 있는 듯한 영화. 말하자면 내게 오쇼 라즈니쉬는 '너무 회자되어 식상해진 영화' 같은 인물이었다. 근데 앞뒤 수식어나 서술어 하나 없이 그저 《틈》이라는 제목을 붙인 책을 썼다니! 어디 한

번 열어볼까? 제1장 인생의 틈, 제2장 변화의 틈, 제3장 사랑의 틈, 제4장 존재의 틈. 호오, 이거 정말 멋진 책인걸! 그렇다고 내가 《틈》을 읽은 것 때문에 인도에 갔던 건 아니다.

　　네팔을 여행하던 중 룸비니에서 머물며 미국, 영국, 스페인, 중국, 일본 등 여러 나라에서 온 친구들을 만났다. 그들 중 대부분은 인도에서 오는 길이라고 했다. 나는 제2차 세계대전 이후 인도에서 갈라져 독립한 파키스탄과 힌두교 문화가 지배하고 있는 네팔을 여행한 경험이 있기에 인도도 두 나라와 별반 다르지 않을 것이라고 여겼다. 그래도 궁금해서 인도에서 온 친구들에게 그곳은 어땠느냐고 물었다. 누구에게 묻건 대답은 한결같은 감탄사였다. "인크레더블!" 그러나 "인크레더블!" 이라고 감탄하면서 왜 인크레더블인지 묻는 나의 질문엔 이렇다하게 대답하지 못했다. 결국 나는 인크레더블의 실체를 확인이나 해보자는 생각에 카트만두로 돌아가 인도 비자를 받은 후 다시 떠났다. 인도 국경에 도착하는 순간, 아치형 간판에 쓰여 있는 글씨가 보였다. '인크레더블 인디아'. '인크레더블' 은 '다이내믹 코리아' 처럼 국가 슬로건이었던 것이다. 고작 이런 이유로 인크레더블이었다니, 시시하네. 그랬는데 바라나시에서 며칠 보내고 나자, 내 입에서도 '인크레더블!' 이란 말이 저절로 터

져 나왔다. 이 말을 한국어로 번역하자면 '골 때리는 인도'가
되겠다.


　바라나시에서 내 룸메이트의 이름은 '홈워크(homework)'
였다. 물론 실제 이름이 '홈워크'는 아니었지만, 그보다 더 적절
한 닉네임이 떠오르지 않는다. 그 친구는 하루의 거의 대부분을
침대 위에서 엎드려 지냈다, 바라나시 곳곳에 있는 레스토랑과
호텔 정보를 비교 분석하느라고. 그가 숙소에 틀어박혀 모 CF의

대사처럼 여행안내서를 '분석하고, 분석하고, 또 분석' 하는 동
안 나는 여행안내서 한 권 없이 무작정 갠지스 강변과 거리를 떠
돌았다. 갠지스 강 건너편에서 모랫바람이 일기 시작하더니 이
내 평원 전체를 뒤덮는 광경을 목격하기도 했고, 화장터 시체의
살덩이가 불길 속에서 풍선처럼 부풀었다가 터지는 모습을 보
기도 했고, 소똥을 손으로 스윽 비닐봉지에 퍼 담는 노파를 만나
기도 했고, 갠지스 강물을 끓여 내놓은 짜이(인도 홍차)를 마신 적
도 있었다.

그리고 해질 무렵 숙소로 돌아와 홈워크와 함께 그가 하
루종일 여행정보를 분석한 결과 '가장 믿을 만하다'고 추천하
는 음식점으로 가곤 했다. 홈워크는 식당에서 만난 고국의 여행
자들과 얘기를 나눌 때 가장 활기가 넘쳤다. 물론 대화의 패턴
은 매번 똑같았다. "너 캘거타에서 M레스토랑에 가 봤니?" "응,
그 레스토랑 탄두리 치킨이 정말 맛있지." "그럼 뭄바이에서는
R호텔에 가봤니?" "아, 나도 거기서 며칠 묵었어!" 주고받는 대
화 내용이란 여행안내서에 언급된 장소에 대한 경험을 공유하
는 맞장구뿐이었다. 그리고 다음날 다시 그는 침대에 누워 세
권의 여행안내서를 '분석하고, 분석하고, 또 분석' 했다. 나로선
뭐라 할 입장도 아니니, 그저 분석하는 '홈워크'를 두고 숙소를
나설 수밖에.

어쩌다 보니 나는 그와 인도의 보드가야까지 동행하게 되었다. 그는 여행길 내내 '이 지역 식당은 불결하니 음식을 먹어서는 안 된다고 인터넷에 올라와 있다', '이 지역은 도적떼가 출몰한다고 론리플래닛에 나왔다'는 등 수차례 여행안내서를 인용하며 내 행동을 만류하곤 했다. 보드가야에 도착하자마자 그는 예의 그 분석(?)을 하면서 사흘을 더 보내더니 다른 도시로 떠났다. 이젠 나 홀로 보드가야에서 지내게 되었다.

하루는 처음 들른 식당에서 인도인 술집주인과 어울려 대낮부터 꽤 마셨다. 해질 무렵 술집주인은 오토바이를 끌고 와선 교외로 바람을 쐬러 가자고 말했다. 나는 선뜻 뒷자리에 올라탔다. 그는 '홈워크'가 도둑이 출몰하는 지역이라며 질겁하던 곳으로 내달리더니 네란자라 강변의 어느 움막으로 나를 안내했다. 움막 안에는 우락부락한 사내 네 명이 마리화나를 피우고 있었다. 나를 데리고 온 술집주인이 그들 중 가장 연장자에게 인사를 시켰다.

"이분은 나의 구루(스승)일세, 물론 학교에서 가르치는 과목을 가르쳐 주는 건 아니지. 하하하."

흰 머리의 구루는 나를 껴안더니 미소를 지었다.

"애가 이렇게 손님을 데리고 온 건 처음이야. 물론 데려오
려고 한 손님들은 많았지. 그러나 다들 두려워서 따라오
지 않아. 특히 혼자는 절대 따라오지 않지. 자넨 좀 특이
한 친구로군."

그 후 나는 늘 그 식당에서 음식을 먹고 술을 마셨지만
그 친구는 돈을 한 푼도 받지 않았다.

"이봐, 우린 친구고 넌 내 집에 초대된 손님이니까 계산
할 필요가 없어."

그 식당에서 저녁식사를 할 때면 늘 많은 친구들과 스스
럼없이 어울리게 되었다. 하루는 런던에서 온 K(30살의 저널리스
트)와 바하마 제도에서 온 R(26살의 여대생), 스코틀랜드에서 온
D(그녀는 정말 영국 황태자비 다이애나를 닮았다) 그렇게 세 명의 여
자와 어울려 저녁을 먹게 되었다. 다들 초면이었다. K가 나에게
손금을 볼 줄 아느냐고 물었다. 아시아인은 모두 손금을 볼 줄
안다고 여기는 듯했다. '아무렴, 생명선, 두뇌선, 재물선 정도는

알지' 라며 큰소리를 치곤 K의 손금을 보고 있는데 옆에 앉아 있던 R이 자신의 손을 내밀었다. 그래서 엉겁결에 R의 손금을 보고 있자니 K가 투덜거렸다. 왜 내 손금을 보다 말고 쟤 손금을 보니?그렇게 티격태격 웃으며 손금을 보는데 옆에서 가만히 지켜보던, 42살이라는 D가 한마디 했다.

"헤이, 로! 난 온몸에 주름이 많아요. 오늘밤 내 몸의 주름들을 다 읽어주겠어요?"

그녀의 위트에 다들 웃음이 빵 터졌고, 옆에서 지켜보던 늙은 백인도 함께 웃었다. 우리는 다 같이 모여 인도여행에 대한 이야기를 나눴다. 독일에서 왔다는 백발의 할아버지가 말했다.

"인도에선 기차는 늘 제시간에 오지 않고, 거리엔 온통 소똥투성이고, 길거리 음식들은 더럽고……."

그는 그렇게 한참을 인도에 대한 불평을 길게 늘어놓더니 마지막 문장을 이렇게 맺었다.

"But I love india."

그건 '홈워크'와 같이 보낸 여행길과는 비교도 되지 않는 모험과 예기치 않은 만남과 느닷없는 웃음이 만발한 축복의 시간이었다. 내일 일정은 아무것도 준비되어 있지 않았고, 확실한 것은 아무것도 없었다. 대신 오직 '알 수 없음'의 자유만이 가득했다. 모든 것이 불안정했지만 불안정을 삶의 실체로 받아들이자 모든 것이 편안했다. 그래,《틈》의 문장들처럼.

안정을 지나치게 갈구함으로써 그대는 어려움에
처한다. 안정을 추구할수록 그대는 더욱 불안정해
진다. 불안정이 삶의 근본 이치인 까닭이다. 그대
가 안정을 추구하지 않을 때 비로소 불안정에 대한
두려움이 사라진다……. 삶이 안정적인 순간은 오
로지 그대가 죽을 때뿐이다. 그때는 모든 것이 확
실해진다. 그대가 삶의 불안정을 받아들이고 그 안
에서 기뻐할 때 성숙이 그대를 찾아올 것이다.

# 03

# 싯다르타의 자리에 눕다

《붓다》와 카필라 성

카필라 성의 보리수 그늘 아래,
선잠에서 깨어 보니 검은 개 한 마리가 발밑에서 자고 있었다.

천상천하 유아독존, 사문유관, 염화미소, 곽시쌍부……. 국정교과서부터 각종 불교 서적에 이르기까지 부처에 얽힌 여러 이야기와 단어들을 듣고 배우고 읽었지만, 나는 부처의 전 생애를 알지는 못했다. 그러다가 경기도 파주의 한 암자에서 지내던 중 우연찮게 한 권의 책을 만나게 되었다. 유홍종의 《붓다》였다.

'부처님 얘기는 작가가 써야 재미있을 텐데'라는 노승의 말에 작가가 힘을 받아 썼다는 《붓다》는 지금까지 나와 있는 객관적인 자료들을 뽑아서 부처님의 생애를 한눈에 읽을 수 있도록 정리한 다큐멘터리 소설이었다. 책을 읽는 동안, 내 머릿

속에 흩어져 있던 단편적인 지식들이 단숨에 정리가 되었다. 탄생과 출가, 위대한 깨달음, 승단 조직과 제자들과의 만남, 전도여행, 달마의 진실, 귀향, 대열반에 이르기까지.

　나는 싯다르타가 탄생했다는 룸비니를 방문하기로 했다. 책으로 접한 '논픽션'을 나 스스로 확인할 차례였다. 룸비니 방문객들은 국제사원구역 내 마야데비 사원에서 아기 부처의 몸을 씻었다는 연못가를 거닐고, 아소카왕이 세운 탑에서

기도를 올리고, 보리수 나무 그늘 아래에서 휴식을 취하다가 룸비니를 떠났다. 룸비니의 한국 사찰, 대성각사에서 사흘째 묵고 있던 나는 홀로 카필라 성까지 가보기로 했다. 싯다르타가 출가하기 전까지 왕자로 지냈던 카필라 성은 룸비니에서 버스로 1시간 거리에 있다.

이른 아침 공양을 마친 후 비스킷 몇 조각과 생수 한 통을 배낭에 넣은 뒤 길을 나섰다. 히말라야 산맥의 기세가 사그라든 떠라이(네팔 남부 지역)는 사방이 지평선으로 둘러싸인 평원이다. 때는 보리가 익어가는 봄이었다. 카필라 성으로 가려면 따울리하와까지 버스를 타고 가야 한다. 나는 버스를 기다리며 삼거리 찻집에서 짜이 한 잔을 주문했다. 네팔인들은 이른 아침에 허름한 노상 찻집에서 차를 주문하는 이국의 사내를 호기심 어린 눈빛으로 쳐다보았다. 낯선 땅에서 그런 시선을 마주하는 건 흔한 일. 나는 묵묵히 짜이를 마셨다. 생강 냄새가 향긋하게 배인 짜이는 네팔에서 마신 그 어떤 짜이보다도 맛있었다. 웨어 아 유 고잉? 찻집의 어린 꼬마가 물었다. 나는 카필라 성으로 가는 길이라고 말했다. 버스 한 대가 먼지를 피우며 평원 사잇길로 달려왔다. 아이가 내 손을 잡으며 소리쳤다. 헤이, 버스!

버스에서 내린 뒤 마을 사람들에게 카필라 성으로 가는 길이 어느 쪽인지 물었다. 좁은 골목과 마을을 지나 아소카 나무가 길게 늘어선 대로를 따라 가라고 했다. 1시간 남짓 걸어 카필라 성문(城門) 앞에 도착했다. 무너진 벽돌 더미가 2500년 전에는 성문이었다고 말하고 있는 곳. 네팔은 힌두의 나라다. 부처의 탄생지 룸비니가 그나마 각국 불교 종단과 사찰들의 기금 덕분에 개발되고 있을 뿐, 그 외 네팔에 남아있는 불교 성지들은 버려진 것이나 다를 바 없다. 카필라 성도 예외는 아니었다. 그 덕분에 미천한 나그네가 마음대로 궁전 안을 거닐고 낮잠을 청하는 행운을 맛볼 수 있었겠지만.

나는 싯다르타의 아버지, 샤카족의 왕이 국사를 집전했던 방에 들어가 앉았다. 비록 다섯 평도 되지 않는 작은 집전실이었지만 싯다르타가 왕위를 이어받았다면 그 역시 이 자리에 앉아 신하들로부터 각종 국사를 전해 듣고, 정사를 돌보았겠지. 궁전은 높이 1미터 정도의 벽돌담만이 남아 방과 방, 방과 바깥을 구분 짓고 있었다. 벽돌담에 기대어 앉아 사방을 둘러보았다. 검은 개 한 마리가 자신의 몸을 핥거나 날아다니는 나비를 쫓아 고개를 이리저리 돌리고, 소 한 마리가 보리수 기둥에 배를 대고 가려운 곳을 긁고 있었다. 따뜻하고 나른한 정오였다.

먼 길을 걸어온 탓이었을까, 갑작스레 졸음이 쏟아졌다. 잠깐 쉬기로 했다. 보리수 그늘이 햇빛을 가려주었다. 싯다르타도 이곳에서 잠을 잤겠지. 그리고 눈을 감은 지 얼마나 지났을까. 감은 눈 속에 남아있던 잔영들, 침실과 집전실과 욕실과 식당을 나누고 있던 유적 위로 벽돌이 착착 쌓이기 시작했다. 마치 3D 그래픽 화면처럼. 담이 생기고, 벽이 생기고, 기둥이 생기고, 창문이 생기고, 지붕이 생기더니, 나는 화려한 궁전의 방 한 칸에 누워 있었다.

사방으로 펼쳐진 평원과 성의 서쪽으로 흐르는 강물. 오늘 나는 동문에서 노인을, 남쪽에서 병든 자를, 서문 밖에서 죽은 사람을, 북문에서 사문을 보았다. 삶이란 무엇이며 왜 인간은 생로병사를 겪는가? 궁전 밖에서 크리켓을 하며 노는 아이들의 웃음소리가 담을 넘어왔다. 일어나 창 밖을 내다보니 붉은 꽃이 봉오리째 툭, 목을 꺾으며 떨어졌으며, 흰 구름이 어디서 왔는지 어디로 가는지 정해두지 않은 채 흘러 갔고, 보리수 아래로 이파리 하나가 떨어졌다. 인간은 꽃이며, 구름이며, 이파리였다.

꽃들에게 물었다. 너는 왜 꽃을 피우며, 꽃 핀 채로 있지 않고 왜 가지에서 떨어져 죽음을 맞느냐고. 구름에게 물었다. 너는 왜 허공을 오가며, 구름인 채로 있지 않고 왜 빗방울로 떨어져 바다로 돌아가느냐고. 이파리에게 물었다. 너는 왜 싹을 틔운 뒤, 이파리로 남아있지 않고 왜 가지에서 떨어져 땅으로 돌아가느냐고. 꽃도, 구름도, 이파리도 대답하지 않았다. 바람에 긁히는 낙엽 소리만이 그륵그륵 소리를 내며 굴러다닐 뿐.


콧잔등에 떨어진 낙엽 때문에 잠이 깼다. 시계를 보니 어느새 한 시간이 지난 후였다. 나는 물 한 모금을 마시고 자리에서 일어났다. 내 발밑에서 자빠져 있던 검은 개도 고개를 들며

부스스 일어났다. 나는 검은 개에게 이름을 붙여주기로 했다. 한껏 기분을 내어 소리를 질렀다. "찬타카! 성 밖으로 가야겠다. 동문으로 가자." 그러자 검은 개는 마치 자신이 찬타카(싯다르타의 마부)의 후생인 양 앞장을 서서 걷기 시작했고, 바람에 흔들리는 보리수 이파리들이 2500년 전의 노래를 불러주었다.

가야금 줄을 너무 조이니 줄이 끊어지네.
가야금 줄이 너무 느슨하니 소리가 안 나네.
가야금 줄은 알맞게 조여야 소리도 좋지.

– 유홍종의 《붓다》 중에서

# 04

# 콘크리트 사막에서의 삶

《바빌론의 탑》과 카비르 사막

바벨탑은 21세기에도 예술가들에게 호기심과 영감을 불러일으키는 소재가 되고 있다.
홍세연 작 《바벨탑》, 2008년.

모래, 소금, 자갈, 암석 등 표면을 형성하는 물질에 따라 여러 종류의 사막이 있다는 걸 스물이 넘어서야 알았다면, 열대와 중위도뿐만 아니라 남극과 북극에도 사막이 있다는 걸 서른이 넘어서야 알았다면, 더구나 전 육지의 무려 10분의 1을 사막이 차지하고 있다는 것을 최근에야 알았다면, 너무 무식한 걸까? 지구상에서 사막이 이렇게 넓은 위도와 기후대에 걸쳐 존재한다는 것을 아는 사람도 현재 인류의 10분의 1도 되지 않을 거야. 그렇게 스스로의 무지를 위로하며, 내 생애 첫 사막을 떠올린다.

터키를 출발해 파키스탄으로 향하던 나는 이란의 카비르

사막 남쪽 언저리를 지나가고 있었다. 어린 시절부터 꿈꾸던 모래사막은 아니었지만 분명 식물이 자라기 힘든 자갈밭과 바위로 뒤덮인 땅이었다. 처음에는 이제야 사막을 보게 되었다고 좋아했다. 그러나 첫 경험의 환희는 다음날도 변함없이 똑같은 풍경을 지나가는 동안 한 달째 잊고 물을 주지 않은 화초처럼 시들어버렸다. '똑같은 풍경' 은 '아무것도 없는 풍경' 과 다를 바 없었던 것이다.

사막 위의 휴게소(말이 휴게소지 실상은 구멍 뚫린 천막을 치고 차와 빵을 파는, 조선시대 사극 드라마에 등장하는 주막 같은 분위기의 가게였다)에 잠시 정차할 때 내려서 볼일을 보는 게 무미건조한 사막에서 맞이하는 유일한 리듬과 악센트. 여자들처럼 앉아서 소변 보는 사내들 사이에서 나는 서서 소변 보는 유일한 사내였다. 볼일을 보고 버스에 오르면 버스 차장은 승객들에게 향수 같은 것을 손바닥에 뿌려주었다. 그 야릇한 향수 냄새는 순식간에 땀과 먼지와 섞여 독특한 냄새로 변하며 버스 안을 가득 채웠다. 운전수 머리 위엔 작은 TV브라운관과 VCR이 있었지만 틀어주는 영화의 대사는 알아들을 수 없었고, 더구나 같은 영화를 몇 번째 돌리는지 창밖을 쳐다보다 화면을 보면 늘 같은 화면인 것만 같았다. 변함없이 똑같은 사막의 풍경처럼. 결국

내가 할 일이라곤 덜컹거리는 버스 유리창에 기대어 공상에 열
중하는 일밖엔 남아 있지 않았다.

어렸을 땐 드넓은 사막 어디쯤에 바벨탑이 있으리라고
상상했다. 아마도 그 엉뚱한 상상의 뿌리엔 어린 시절 읽은 만
화책 《바벨2세》가 있었을 것이다. '김동명'으로 둔갑한 '요코
야마 미쓰테루'의 만화는 환상과 실재를 혼동하는 소년 특유의
재능에 힘입어 사막을 사라진 바벨탑이 숨겨져 있는 장소로 여
기게 만들었다. 인간의 발길이 닿지 않는 사막 어딘가에 거대한
바벨탑이 모래폭풍에 둘러싸인 채로 존재할 거라고. 그후 소년
은 열 살, 스무 살 나이가 들면서 바벨탑이 소년뿐 아니라 각 시
대의 예술가, 고고학자, 과학자에게도 수많은 호기심과 영감을
불러일으켰다는 것도 알게 되었다. 브뤼헐의 《바벨탑》, 콜데바
이의 지구라트 발굴, 보르헤스의 《바벨의 도서관》 등등 헤아릴
수 없을 정도로.

이란의 사막을 거치고도 몇 개의 사막을 더 지나 집으로
돌아왔지만 바벨탑에 대한 상념은 좀처럼 지워지지 않았다. 오
히려 시간이 지날수록 바벨탑에 대한 생각으로 뇌가 통째로 부
글거리는 듯한 느낌이었다. 그러던 차에 어느 날 책 한 권을 선

물 받았다. 테드 창의 《당신 인생의 이야기》. 제목만 읽곤 순수 문학이나 연애소설쯤 되나, 하고 생각했다. 그러나 작가의 휘황찬란한 이력은 제목과는 전혀 딴판이었다. 에스에프(SF)문학계에서 제일가는 권위를 자랑하는 휴고상을 비롯해 네뷸러상, 존 캠벨 기념상, 로커스상을 휩쓴 작가. 여덟 개의 중단편 중 첫 편의 제목을 보는 순간 눈과 활자 사이에 파지직 전류가 흐르는 느낌이었다. 《바빌론의 탑》.

《바빌론의 탑》은 일찍이 내가 알고 있던 에스에프소설이 아니었다. 배경은 '오지 않은 미래'가 아니라 '지나간 과거'였고, 로보트, 우주선, 외계인, 가상공간 등 공상과학적인 사물이 등장하는 것도 아니었다. 단지 바빌탑에 대한 전설을 '실재'라고 상정한 뒤, 그 누구도 상상해본 적 없는 낯선 세계가 구축되고 있었다.

멀리서 보면 바빌론의 탑은 대홍수를 일으킨 적이 있을 정도로 엄청난 양의 물을 담고 있는 '천장'과 우리가 발 딛고 있는 '지상'을 팽팽하게 잇는 밧줄 같은 것. 이란에서 온 힐라룸은 천장을 뚫는 작업을 하기 위해 바빌론의 탑 꼭대기로 올라가는 여정을 시작한다. 바빌론의 탑에서 태어난 아이들은 탑에서 살다가 탑에서 죽고, 탑 안에서 밭 갈고 채소를 가꾸며 지상을 떠난 지 이미 수십 년이 넘은 사람들도 있다. 바빌론의 탑은 그 자체로 하나의 세계이자 길. 마침내 힐라룸은 바빌론의 꼭대기와 맞닿은 '세계 그 자체의 천장'에 도착하지만 백색 화강암 같은 천장을 뚫으며 더 높은 곳으로 올라가던 중 엄청난 양의 물에 휩쓸린다. 그는 맹렬한 급류에 휩쓸려 빛 한점 없는 터널을 지나고 드디어 터널 밖으로 빠져나온다. 그리고 마주한 세상. 소설은 다음과 같은 문장으로 끝난다. "그는 탑에 있는 사람들에게 이 소식을 전할 작정이었다. 이 세계가 어떤 모양을 하고 있는지를 그들에게 알려주는 것이다." (충격적인 이 소식은 〈올드 보이〉의 반전쯤은 무릎 꿇게 하는 스포일러인지라 힐라룸으로부터 직접 들으시길 바란다.)

최근 두바이에 세계 최고층 빌딩, 부르즈 할리파(162층, 828미터)가 개장했다. 사우디아라비아에서는 그 2배 높이에 이르는 제다타워(1,600미터)를 건설할 계획이라고 한다. 국내에도 110층이 넘는 초고층 빌딩들이 곳곳에서 세워진다는 소식이 들려온다. 백 층이 넘는 고층아파트는 아니더라도 이미 많은 사람들이 초고층 빌딩에서 살고 있다. 주상복합빌딩에는 초고속 엘리베이터부터 쇼핑몰, 영화관, 서점, 음식점, 슈퍼마켓 등 일상

생활을 영위할 수 있는 모든 것이 갖춰져 있다. 어쩌면 우리는 이미 바빌론의 탑에서 살아가고 있는지도 모르겠다.

그래서일까, 도시가 왠지 표면 형성 물질이 콘크리트로 된 사막 같다.

# 05

# 내 다시는 이 시를 읊나 봐라

〈이니스프리 호수섬〉과 이슬라마바드 투어리스트 캠프

이슬라마바드의 투어리스트 캠프에서
넌 마치 '이상한 나라의 앨리스' 가 된 느낌이었다

파키스탄의 수도 이슬라마바드에 도착한 뒤론 쭈욱 투어리스트 캠프에서 지냈다. 카라코람 하이웨이를 지나 중국으로 넘어갈 작정이었는데, 중국대사관에서 비자를 신청하고 받으려면 최소 일주일은 기다려야 된다고 했다. 안 그래도 없는 돈에 일주일, 아니 재수 없으면 열흘은 이슬라마바드에서 묵어야 한다니. 히말라야의 훈자마을이라면 몰라도 수도 이슬라마바드에서 열흘 동안 뭘 하란 말인가.

1달러도 되지 않는 이용료만 내면 텐트가 없어도 지낼 수 있는 투어리스트 캠프를 찾아낸 건 그나마 천만다행이었다. 텐트를 치고 지내는 숙박비에 몇백 원만 더 얹으면 오두막에서 지낼 수 있으니까. 난 텐트조차도 갖고 다니지 않았으니 당연히 오두막이지. 근데 말이 오두막이지 그저 문 하나에 창 하나 달려 있는, 그냥 콘크리트집이다. 화장실은커녕 침대도 없고, 테이블도 없고, 심지어 장판이나 마루도 깔려 있지 않다. 완전 콘크리트 사각형 속에 들어가 지내는 셈이다. 그래도 밤이슬과 바람을 피할 수 있다는 것만으로도 다행이다.

투어리스트 캠프에서 숲 속의 오솔길을 따라 조금 걸어가면 나오는 호수에서 이란에서부터 동행한 폴란드 친구 폴과 함께 수영을 하거나, 독일에서 온 히피 할아버지로부터 하시시 제조법을 배우거나, 이라크 탈영병을 위로해주거나, 동남아 일대를 여행하고 온 이탈리아 배낭여행자의 허풍을 들어주거나, 히말라야의 산신령 바바지를 찾아왔다는 일본 청년의 황당한 얘기를 들어주며 하루하루를 보내고 있었다. 그러던 어느 날.

숲 속 오두막에서 깬 늦은 아침. 침낭 밖에서 아련히 들려오는 잉잉거리는 소리가 그저 간밤에 듣던 워크맨의 멈춤 버튼을 누르지 않고 잠든 탓이라 여기며 뒤척거릴 때였다. 곁에 누워 있던 폴이 나지막하게 물었다.

"R, 일어났어?"

"으응."

"문제가 발생했어."

"뭐, 전쟁이라도 터졌어?" (침낭을 후딱 뒤집고 일어나려 했다)

"안 돼! 일어나지 말고 천천히 침낭 밖으로 고개만 내밀고 봐."

늘 조심하는 성격이긴 해도 좀처럼 긴장하지 않는 폴의 목소리가 극도로 예민해져 있었다. 뭔가 심각한 일이 벌어졌구나 하고 짐작은 했지만, 침낭 밖으로 고개를 내밀고 바라본 세상은 이런 세상을 내 두 눈으로 목격하게 되리라곤 꿈에서조차 떠올린 적 없는 그런 광경이었다. '잉잉 잉잉' 천장부터 사방 콘크리트 벽에 수천 마리의 벌들이 빼곡히 달라붙어 있었고, 수백 마리 벌들이 잉잉거리며 천장, 벽, 유리창 할 것 없이 온몸을 부딪치며 좁은 방을 가득 메우고 있었던 것이다. 이런 젠장, '벌이 잉잉대는 곳'으로 가고 싶다고 한 녀석이 대체 누구였어?

나 일어나 가리, 이니스프리로 가리
거기 외 엮어 진흙 바른 오막집 짓고
아홉 이랑 콩을 심고, 꿀벌 통 하나 두고

벌들 잉잉대는 숲 속에 홀로 살으리

또 거기서 얼마쯤의 평화를 누리리, 평화는 천천히
아침의 베일로부터 귀뚜리 우는 곳으로 떨어져 내
리는 것
한밤은 희미하게 빛나고,
대낮은 자줏빛으로 타오르며,
저녁엔 홍방울새 날개 소리 가득한 곳

이 와중에 아일랜드 출신, 윌리엄 버틀러 예이츠의 〈이니스프리 호수섬〉이 떠오르다니. 하긴 정현종 시인이 번역한 시집 《첫사랑》에 수록된 그 시를 늘 읊조리곤 했으니까. 벌들 잉잉대는 숲 속에 홀로 살으리, 벌들 잉잉대는 숲 속에 홀로 살으리. 예이츠는 월든 호숫가에서 지냈던 헨리 데이비드 소로를 본받아 아일랜드 로크길 호수의 작은 섬, 이니스프리에서 살고 싶어 했다지. 그러나 한가롭게 전원생활을 동경하는 시나 떠올릴 사정이 아니었다. 침낭으로 다시 얼굴을 덮고 잉잉대는 벌들에 질세라 폴에게 물었다.

"대체 어떻게 된 거야?"
"나도 몰라. 벌들이 모두 다 빠져나가고 나면 널 깨우려고 했는데 벌써 1시간째 저래. 나가긴 고사하고 깨진 유리창으로 벌이 계속 들어와. 저건 그냥 벌이 아냐, 말벌이라고. 까닥 잘못하다간 우린 여기서 죽을 수도 있어."
"다른 사람들이 올 때까지 기다릴까?"
"여기 우리 두 사람 밖에 묵지 않는데 누가 오겠어?"
"그럼 소릴 질러서 불러볼까?"
"R, 이 안에서 질러 대는 소리가 캠프 사무실까지 들리겠어? 게다가 그 소리 때문에 말벌이 달려들면?"

결국 '벌이 잉잉대는 곳'에서 탈출하기 위한 묘책을 강구한 끝에 도달한 결론은, 침낭 안에서 최대한 빨리 뛰쳐나갈 수 있는 자세를 취한 후, 하나, 둘, 셋과 동시에 침낭으로 온몸을 감싸고 문을 걷어차고 달려나가는 것이었다.

"설마 바깥에서 누가 문을 잠그지는 않았겠지?"
"설마!"
"알 수 없지."(설마가 사람 잡는다는 한국 속담도 있는데)
"자아, 하나, 둘, 셋……."
"근데, 셋 하고 나서 뛰는 거야 아니면 셋 하면서 뛰는 거야?"

침낭으로 온몸을 감싸고, 문을 열어젖히고, 사정없이 내달렸다. 스무 걸음 정도 벗어났을 때 살았구나, 하고 한숨을 쉬며 계속 내달렸다. 안도를 했던 건 순전히 오산이었다. 나는 마치 총알이 아킬레스건을 관통한 듯한 통증을 느끼며 풀숲에 그대로 고꾸라졌다. 내 생애 처음 말벌에게 쏘인, 그래 '첫 경험'이었다. 잉잉거리는 소리를 들으며 풀 숲에 누운 채 침낭을 끌어당겨 안으로 몸을 숨겼다. 잉잉거리는 소리가 완전히 사라질 때까지. 한참이 지나 폴이 캠프 직원을 데리고 나타났다. 그는 곧 벌떼 소탕작전에 들어갈 거라고 말했다. 근데 왜 말벌이 우리 오두막으로 몰려든 것일까? 말벌도 톰 웨이츠를 좋아하는 것일까? 지난밤 내내 틀어놓은 음악이 떠올랐다. 그리고 다시는 예이츠의 〈이니스프리 호수섬〉을 읊조리지 않으리라 다짐했다.

뭐, 벌이 잉잉거리는 곳으로 가고 싶다고?

# 06

# 인수봉에선 절대로 읽지 마세요

《럼두들 여행기》와 랑탕 히말라야

세상에서 가장 낡은 버스를 타고 세상에서 가장 위험한 길을 따라
샤브로베시에 도착하면 세상에서 가장 아름다운 계곡을 만나게 된다.

선선하고 청명한 가을은 등산하기에 더없이 좋은 계절이다. 가을은 한국의 산뿐 아니라 히말라야 트레킹을 하기에도 좋다. 9~12월엔 전세계에서 히말라야 산맥으로 트렉커들이 몰려든다. 특히 최근 한국에서 네팔·히말라야 트레킹의 인기는 대단하다. 오죽하면 인천－카트만두 직항로가 열렸을까? 그러나 공교롭게도 이 시기에 에베레스트나 안나푸르나 트레킹을 하는 건 거의 주말에 북한산을 오르는 것과 다를 바 없다. 올라갈 때는 빨리 안 가면 화살코로 뚱침을 찔러버리겠다는 듯한 뒷사람에게 밀리고 밀리면서, 산을 내려올 때는 수없이 지나치는 한국인 등반객과 '안녕하세요'를 연신 외쳐야 한다. 그러다 보면 하루 해가 다 저문다. 물론 총 길이 2,400킬로미터에 이르는 히말라야 산맥엔 에베레스트나 안나푸르나 코스가 아니라도 여러 갈래 트레킹 코스가 있다. 그러나 사람들은 '높이'와 '명성' 때문에 에베레스트와 안나푸르나 코스로만 몰려든다. 늘 한쪽으로만 몰리는 우리 사회와 별반 다를 바 없다.

네팔에서 유유자적 히말라야 그 자체를 즐기고 싶다면 랑탕 히말라야 코스가 최적이다. 영국인 탐험가 티르만에 의해서 처음 세상에 알려진 랑탕 히말라야는 서구인들에게는 익히 알려진 이름이지만 우리에겐 생소한 곳이다. 아침 일찍 카트만두를 출발해 점심시간 즈음이면 트리슐리에 도착해서 버스를 갈아타게 된다. 그리고 세상에서 가장 낡은 버스를 타고 세상에서 가장 위험한 길을 따라 샤브로베시에 도착하면 당신은 랑탕강을 끼고 펼쳐지는 세상에서 가장 아름다운 계곡을 만나게 될 것이다.

나는 트리슐리 강 가까운 곳에 숙소를 정해 보름간 지내고 나서 랑탕 히말라야 트레킹에 나섰다. 샤브로베시를 떠나 나흘이 지났을 무렵, 해발 3,000미터에 위치한 '평화 가득한 식당'에서 티베트계 요리사 우낀 라마를 만났다. '우낀'은 '웃낀'의 오타가 아니다. 그의 이름은 정말 '우낀'이다. 이름에서

느껴지는 어감과는 달리 그는 랑탕 히말라야에서 가장 심오한 표정을 지닌 사내다. 근데 심각한 표정과는 전혀 어울리지 않는 천진스러움 때문에 그와 애기를 나누다 보면 계속 웃음이 터져 나온다. 그것이 웃기기 위한 의도에서 나오는 표정과 말의 절묘한 조합이라면 정말 최고의 개그맨이다. 마치 《럼두들 등반기》를 읽는 것 같았다.

요기스탄에 있는 럼두들은 해발 1만 2천 미터가 넘는 설산이다. 바인더가 이끄는 등반대가 정상에 오르기 전까진 전인미답의 봉우리였다. 등반대장 바인더는 길잡이, 보급 담당, 과학자, 의사, 통역사, 사진촬영가 등으로 이루어진 최정예 대원(?)들과 요기스탄인 포터들을 이끌고 럼두들 원정에 나섰다. 그런데 문제가 보통 심각한 게 아니었다.

길을 잃어버리기 일쑤인 길잡이(앞장선 그가 계속 같은 길을 맴도는 지경에 이르자 그는 오직 직진의 길을 선택한다. 근데 크레바스가 나타나도 넘지 않고 크레바스 밑으로 내려가서 다시 올라오는 식의 직진을 고집하기에 이른다), 포터가 3천 명이 필요하다고 계산하는 보급 담당, 발음상의 실수로 3만 명의 포터를 모집하게 만드는 통역 담당(불필요한 2,700명의 포터를 다시 해체하는 데도 엄청난 돈이 나가고 만다), 해면의 높이가 해발 153피트라고 계산하는 과학자, 저 혼자 온갖 질병에 걸려 골골거리는 의사까지(자신의 말대로만 하면 어떤 질병에도 걸리지 않을 거라고 장담하지만 늘 병에 걸리는 것은 그 자신이다). 배가 산으로 가는 게 아니라 등반대가 통째로 안드로메다로 날아갈 지경이다.

'과연 우리가 이 산을 오를 수 있을까' 하고 고민하게 만드는 사건들이 처절하게 이어지지만, 독자로선 사건 하나하나가 포복절도할 해프닝이다. 이 모든 해프닝은 등반대장 바인더의 시선으로 전개되는데 그는 아마도 세계에서 가장 눈치 없고, 꽉 막힌 등반대장이었을 것이다. 그럼에도 불구하고 등반대는 기어코 세계 최고봉 럼두들 정상에 오른다. 그러나 그 등반대장 바인더를 역대 알피니스트 이름에서 찾을 순 없다. 왜냐면 그는 윌리엄 어니스트 보먼이란 작가가 만들어낸 가상의 인물이기 때문이다. 물론 럼두들도 가상의 나라, 요기스탄의 산이다.

산악인 사이에서 전설이 된 이 책을 작가 심산은 인수봉 같은 곳에서 비바크(등산시 텐트를 사용하지 않고 지형지물을 이용해 하룻밤을 지새는 일)를 하는 도중에는 절대 읽지 말라고 경고한다. 주체할 수 없는 웃음 때문에 추락할 가능성이 높다고.

그러나 도심에서, 특히 버스나 지하철 같은 대중교통으

로 이동 중에도 이 책을 펼쳐 들면 절대 안 된다. 예상치 못한 곳에서 느닷없이 튀어나오는 웃음 때문에 미친놈 취급받기 십상이니까, 마치 우낀 라마의 표정처럼.

# 07
# 태양의 서커스를 보는 사람들

《호밀밭의 파수꾼》과 퀘벡 썸머 페스티벌

퀘벡의 여름밤은 어디나 축제 분위기.
아빠의 어깨 위에서 손뼉을 치는 아이의 눈동자는 호기심과 놀라움으로 가득하다.

1967년 크리스마스 이브, 프랑스 중부의 소도시 몽트리샤르에 FBI 요원 칼 핸래티(톰 행크스)가 도착한다. 이 거룩한 밤에 인쇄소에서 위조수표를 찍어대고 있는 희대의 사기꾼, 프랭크 애버그네일(레오나르도 디카프리오). 칼은 프랭크의 손목에 쇠고랑을 채우는 데 성공한다. 영화 〈캐치 미 이프 유캔〉의 한 장면이다. 그런데 이 장면은 프랑스 현지에서 촬영된 게 아니다. 프랑스의 작은 마을 분위기를 풍기는 이 장면은 어디서 촬영된 것일까? 정답은 캐나다의 퀘벡이다. 헐리우드에서 유럽까지 날아가지 않아도 프랑스보다 더 프랑스다운 풍광과 프랑스어에 둘러싸인 환경에서 영화를 찍을 수 있는 곳.

쿼벡까지 가는 길은 정말 멀었다. 인천공항에서 밴쿠버 공항으로, 이어서 몬트리올공항으로, 쿼벡공항으로. 오후 4시 즈음 한국을 떠난 나는 현지 시각으로 자정이 넘어서 쿼벡시의 한 호텔에 도착했다. 비행기에서만 16시간이 넘게 잠을 잤지만 몽롱할 뿐이었다. 게다가 쿼벡은 해가 지기도 전에 가게 문을 닫아버리는 곳이라 그 시간에 갈 수 있는 곳도, 할 수 있는 일도 없었다. 다행히 이불과 베개는 비행기 안에서 내려다 본 뭉게구름마냥 폭신했다. 그래서 난 곧 잠이 들어버렸다.

아침 6시에 눈을 떴다. 일찌감치 식사를 하고 방으로 올라왔다. 창밖을 내다보니 온타리오 호에서 뻗어 나온 세인트로렌스 강이 대서양을 향해 흘러가고, 호텔에서 빠져나온 관광객들은 삼삼오오 올드 쿼벡(Old Quebec)을 향하고 있었다. 쿼벡시는 크게 로어타운(Lower Town)과 어퍼타운(Upper Town)으로 나뉜다. 세인트로렌스 강과 접한 언덕 아래 로어타운과 언덕 위의 어퍼타운. 어퍼타운은 다시 4킬로미터에 이르는 성벽을 경계로 신시가지와 구시가지로 구분되는데 어퍼타운의 구시가지와 로어타운을 합해 '올드 쿼벡'이라 부른다.

로어타운은 '쿼벡 썸머 페스티벌'을 즐기기 위해 전 세

계에서 몰려온 관광객들로 붐볐다. 거리의 악사는 바이올린으로 프랑스 민요를 흥겹게 연주하고, 멈춰선 사람들은 어깨춤을 추고 발을 구르며 장단을 맞춘다. 샹플렝 거리에는 아기자기한 레스토랑, 부티크, 화랑과 고풍스런 건물들로 가득하다. 아닌 게 아니라 1985년 유네스코는 올드 퀘벡을 세계문화유산으로 지정했다.

노트르담 성당과 로열 광장을 지나면 한쪽 벽면 전체가 벽화로 뒤덮인 5층 건물이 있다. 관광객들은 이 벽화 앞에서 너도나도 기념사진을 찍는다. 벽화는 퀘벡의 역사, 인물, 사계, 문화를 담고 있다. 1535년 프랑스인으로선 처음 퀘벡에 도착한 탐험가 자크 카르티에, 1608년 퀘벡에 모피교역소를 건립하고 도시를 세워 '뉴 프랑스'의 아버지로 불리게 된 사뮈엘 드 샹플렝 등 퀘벡을 대표하는 인물들이 창문과 발코니마다 모습을 드러낸다. 어, 근데 셀린 디온이 안 보이는구나. 5살 때부터 샹송 가수로 활동해 많은 사람들이 프랑스인으로 착각을 하지만 셀린 디온은 퀘벡 출신의 뮤지션이다. 벽화 속 골목에서 아이들이 캐나다인의 종교라 일컬어지는 아이스하키 스틱을 휘두르는데 퍽이 날아올 것 같다.

다름 광장(Place d' Armes)에서 코미디 퍼포먼스가 벌어지고 있다. 말은 알아듣지 못해도 공연자의 넉살이 대단해 배꼽이 빠져라 웃었다.

로어타운에서 어퍼타운으로 올라가는 방법은 계단 길과 케이블카로 가는 길이 있다. 언덕 위로 올라서면 퀘벡시의 랜드마크가 된 샤토 프롱트낙(Chateau Frontenac) 호텔이 서 있다. 호텔 이름은 뉴 프랑스의 초대 총독에서 유래했다는데, 2차 대전 당시 처칠과 루스벨트가 머리를 맞대고 노르망디 상륙작전을 수립한 유서 깊은 곳이기도 하다. 호텔 앞 다름 광장에선 흥겨운 거리공연이 벌어지고, 노천 카페에선 손님들이 의자에 앉아 커피를 마시거나 신문을 보고 있다. 정말 프랑스가 따로 없다. 트레조르 거리엔 화가들이 이젤을 세워놓고 자신만의 화풍으로 초상화를 그려준다. 그림을 구경하며 지나치던 나는 마이클 잭슨 초상화만 줄창 그려대고 있는 한 친구의 작품에 깜짝 놀라고 말았다. '이건 정말 예술이군요!' 가 아니라 '마이클 잭슨을 그리긴 했지만 이건 도무지 마이클 잭슨이 아니잖아요.' 라고 외치고픈 그림이었기에. 이마 위로 꼬불꼬불 내려오는 머리칼을 제외하면 미스터 빈을 그려놓았다고 해도 모를 초상화였다. 이렇게 그려도 그림 값을 받을 수 있다면 나라도 당장 화가로

나설 수 있겠군. '자, 이 그림은 이명박을 그려놓은 것 같지만 사실 가발 쓴 전두환이랍니다.'

나는 그 화가 친구 덕분에 캐나다인은 무척 관대한 사람들일 것이라고 확신했다. 실제 캐나다는 다양한 인종과 민족이 뒤섞인 국가지만 별다른 사고 없이 인류의 역사를 항해하고 있지 않은가. 캐나다의 20달러 지폐를 들여다보면 원주민을 중심으로 여러 동물들이 물고 물리며 뒤엉켜 있는 장면을 볼 수 있다. 자국의 화폐에 담기엔 너무 난폭한 그림이 아닌가 하는 생각도 들지만 가만히 들여다보면 모두가 한배를 타고, 함께 노를 젓고 있다. 밉든 곱든 다 같이 영차영차! 이것이 캐나다라는 것을 단 한 장면으로 보여준다.

에이엠엘(AML)사의 크루즈를 타고 세인트로렌스 강에서 점심 식사를 했다. 퀘벡은 아메리카 원주민 말로 '강이 좁아지는 곳'이란 뜻. 프랑스 함대를 이끌고 대서양을 건너 강을 따라 내륙으로 들어오던 자크 카르티에도 이 길을 지나갔다지. 크루즈는 항구에서 20여 킬로미터를 내려와 사과와 사이다(원래는 사과를 발효시켜 만든 술을 가리키는 말인데 우리나라에선 탄산음료의 대명사로 둔갑했다) 산지로 유명한 오를레앙 섬을 지나며 유턴을 하

더니 몽모랑시 폭포를 끼고 지나간다. 애니메이션 〈업〉에 등장
하는 파라다이스 폭포만큼은 아니지만 나이아가라 폭포의 1.5
배, 83미터에 달하는 높이니 멀리서 바라보기만 해도 장관이다.

크루즈에서 내려 퀘벡 문명박물관으로 향했다. 퀘벡의
이민의 역사가 고이 간직되어 있는 곳. 나는 박물관에 들어가면
늘 하는 의식대로 첫 번째 유물을 들여다보며 환청이 들릴 때까
지 기다렸다. 이물에 부딪히는 파도 소리, 갈매기 울음소리, 항
해사의 외침, 황금을 찾아 대서양을 건너 아메리카를 찾아온 사

람들. 불행인지 다행인지 이 낯선 신대륙에서 황금으로 가득한 장소를 알고 있다는 원주민 추장을 만났다지. 그래서 추장을 본국으로 납치해 갔는데, 알고 보니 그가 말한 휘황찬란한 보물이 있는 장소는 지상이 아니라 하늘이었다던가. 밤하늘의 오로라 말이다.

퀘벡의 여름밤은 어디나 축제 분위기. 곳곳에서 행위예술가와 뮤지션의 거리공연이 벌어진다. 오늘은 마침 '퀘벡 썸머 페스티벌'을 축하하기 위한 서커스, '보이지 않는 길들 The Invisible Paths'이 처음 무대에 올라가는 날이다. TV드라마 〈태양을 삼켜라〉로 인해 한국에서도 널리 알려진 바로 그 '태양의 서커스' 사가 특별히 기획·제작한 서커스다. 2013년까지 '퀘벡 썸머 페스티벌'에서 만날 수 있다는데, 무엇보다 획기적인 건 무료 공연이란 점. 공연이 열릴 장소로 이동했다.

고가도로 교각 아래 무대 주위는 군중들로 가득했다. 근데 좌석도 없고, 무대 세트라는 게 고작 고가도로에서 널어 뜨려 놓은 천 조각이 전부라고 할 정도. 사람들을 이렇게 모아놓고선 뭘 하자는 수작이야! 그렇게 투덜대고 있을 때 음산하고 장중한 음악과 함께 무대 위로 얼굴 없는 수도사들이 가면을 들고 등장했다. 기이한 장면이구나. 얼굴 없는 그들이 손에 쥐고 있던 가면을 관객들에게 내밀며 다가왔다. 내 야구모자를 벗기더니 가면에 씌우기도 하고, 해괴한 비명을 지르며 사람들의 동작을 거울처럼 따라 하기도 했다.

공연은 퀘벡의 밤거리를 지나온 세 개의 퍼레이드가 도착하면서 점점 달아올랐다. 파랗고, 희고, 붉은 의상을 입은 요정들이 제각각 환상적인 조명과 신비한 음악에 맞춰 현란한 묘기를 펼치자 관객들은 환호성을 질렀다. 그들이 무대 위에 오르자 고가도로에서 내려온 천은 스크린이 되어 퀘벡의 밤하늘을 '물'과 '불'과 '숲'이 어우러진 풍경으로 만들어 놓았다. 그때부터 나의 벌어진 입은 도무지 닫히지 않았다.

공연을 보다 무심코 고개를 돌리는데 아빠의 어깨 위에서 손뼉을 치는 여자아이가 눈에 들어왔다. 아이의 눈동자는 호기심과 놀라움으로 가득했다. 나는 주변을 둘러보았다. 어깨에 문신을 한 청년, 코에 피어싱한 소녀, 수염 덥수룩한 아저씨, 돋보기를 쓴 할머니. 남녀노소 빈부귀천 가리지 않고 모든 사람들이 어린 아이와 같은 반짝이는 눈망울로 공연에 열중하고 있었다. 문득 《호밀밭의 파수꾼》의 마지막 장면이 떠올랐다. 뉴욕에서 타락한 어른들의 세계를 엿보다가 서부로 떠나려던 홀든과 자기 키보다 더 큰 가방을 끌고 따라가겠다며 나선 피비. 홀든이 여동생을 달래기 위해 회전목마를 태우고 벤치에 앉아 소낙비를 맞으며 누이를 바라보던 장면.

그런데 비가 미친 놈처럼 오기 시작했다. 이건 물통을 들이붓듯 억수처럼 내리기 시작했다. 아이들의 부모들, 그러니까 어머니들이건 누구건 모두 다

젖을까봐 회전목마의 지붕 밑으로 뛰어들어갔다. 나는 꽤 오랫동안 벤치에 그냥 앉아 있었다. 그래서 나는 꽤 젖고 말았다. 특히 목 근처와 팬티가 더 젖었다. 사냥모자가 좀 도움이 되긴 했지만 그래도 흠뻑 젖고 말았다. 그러나 아무렇지도 않았다. 피비가 목마를 탄 채 돌아가고 있는 것을 보자 나는 갑자기 행복감을 느꼈다. 너무나 기분이 좋아서 큰 소리로 마구 외치고 싶었다. 왜 그랬는지 모른다. 여하튼 피비가 외투를 입고 빙빙 돌고 있는 모습– 이건 너무나 멋있었다. 정말이다. 이건 정말 보여주고 싶다.

– 제롬 데이비드 샐린저의 《호밀밭의 파수꾼》 중에서

나는 어린 아이의 눈으로 서커스를 구경하는 군중 속에서 '호밀밭의 파수꾼' 이 되어 아이들이 절벽에서 추락하지 않도록 보호하며 살고 싶다던 홀든의 소망을 떠올렸다. 그러다 나는 갑작스레 뭉클해졌고, 눈앞이 부예져 보이지 않았다. 그때 '보이지 않는 길들' 의 공연의 끝을 알리는 거대한 박수소리가 들렸다, 마치 어둠 속의 외침처럼. 세상은 이래야 해, 세상은 이래야 하는 거야.

# 08
# 허풍선이의 탐험시대

《불가능한 여행기》와 세인트로렌스 강

자크 카르티에가 도착한 지 474년 뒤, 유람선을 타고 몬트리올을 지난다.

인공위성이 없던 시절, 그러니까 지피에스(GPS)도, 비행기도, 여행 가이드북도 없던 시절의 여행자는 어떻게 대륙을 횡단하고 대양을 오갔을까? 물론 콜럼버스가 달걀을 깨뜨리기 전부터 지도는 있었다. 그러나 중세 유럽의 지도라는 것은 부둣가 뱃사람의 허풍보다 믿을 수 없는 것이었다. 지도 제작자들은 항구에서 떠도는 소문에 기초해 최신판 지도를 만들어내기 일쑤였고, 어떤 지도 제작자는 자신의 이름을 딴 섬을 갖고 싶다는 마누라의 소원을 들어주기 위해 지도 위에 가상의 섬을 그려넣기까지 했으니까. 그러나 서해에서 고려, 조선, 일제시대에 난파한 보물선을 건져 올리겠다고 용쓰는 사람들이 21세기에도 존재하듯이, 엉터리 지도와 소문을 믿고 먼 여행길을 떠나고 바다를 건너는 탐험가들이 당시엔 꽤나 많았던 모양이다. 자크 카르티에도 그런 사람들 중 한 명이었다.

캐나다 동부 퀘벡까지 가는 길은 초고속 비행기가 다니는 시대지만 제법 멀었다.

다음날부터 열흘간 퀘벡(헐리우드에서 유럽까지 날아가지 않아도 프랑스보다 더 프랑스다운 풍광을 찍을 수 있는 곳이다), 몬트리올(몬트리올이 섬이라는 건 알고 있는가? 하늘에서 내려다보면 몬트리올은 여의도처럼 세인트로렌스 강 한가운데 크루아상 빵처럼 생긴 평평한 섬이다. 만약 몬트리올 전경을 보고 싶으면 몬트리올의 유래가 된 '마운트 로얄'에 올라가면 된다. 해발 234미터에 불과하지만 몬트리올에선 유일한 산), 오타와(캐나다의 수도로서 최근엔 버락 오바마가 맛있다고 극찬한 비버테일빵 때문에 유명해졌다. 그 이름 때문에 비버 꼬리를 다진 고기를 넣고 만든 빵일 거라고 생각하기 쉬운데 실은 우리나라 호떡을 비버꼬리처럼 길죽하게 늘인 것에 불과하다. 붕어빵에 붕어가 들어 있지 않듯이), 킹스턴(가까이에 사우전드 제도가 있다. 세인트로렌스 강 위에 마치 꽃잎 같은 초록빛 섬들이 천 개나 떠 있는 곳. 사우전드 아일랜즈라고 부르지만 실은 1860여 개의 섬이 있다. 전원주택 한 채가 겨우 들어갈 정도의 크기부터 종합운동장을 짓고도 남을 정도의 크기까지), 토론토(온타리오 호수와 접한 대도시로 랜드마크는 CN

타워. 높이 553미터로 꼭대기에 레스토랑과 전망대가 있다. 내려다 보면 토론토 시내의 마천루들 사이로 슈퍼맨 시리즈를 처음 연재한 토론토 스타를 찾아낼 수 있다. 비쭉비쭉 솟은 빌딩들이 마치 슈퍼맨이 태어난 크립톤 행성의 수정 같아서, 인류는 지구라는 행성에서 수정 같은 마천루를 육성하고 있는 유기체가 아닐까 하는 생각이 든다)을 **여행했다.** 우리에게 익숙하지 않지만 캐나다 동부에서는 어디서나 보고 듣게 되는 이름이 있다. 올려다보는 동상, 마주치는 간판마다 온통 '자크 카르티에'다.

퀘벡, 오타와, 킹스턴, 몬트리올 등 캐나다 동부의 주요 도시들은 북아메리카 내륙에서 출발해 대서양으로 빠져나가는 세인트로렌스 강을 따라 생긴 도시로, 저마다 자크 카르티에와 관련된 이야기 하나씩은 갖고 있다. 나는 들르는 도시마다 유람선을 탔고, 갑판 위에 서서 이곳을

'무엇이 있는지 아무도 모르는 처녀지' 라고 여기며 1535년 세인트로렌스 강을 거슬러 오르던 자크 카르티에의 심정을 자연스레 상상하게 된다. 비록 유럽인들이 아시아를 향해 떠났던 동기가 여행 그 자체를 즐기기 위해서라기보다는 첫째 돈, 둘째 파라다이스 신드롬, 셋째 명예였다 하더라도 그 시절의 여행은 정말 흥미로웠으리라.

낯선 풍경, 예측할 수 없는 날씨, 처음 보는 과일, 말이 통하지 않는 원주민들. 아아, 탐험의 시대!

매슈 라이언스는 '허구와 진실이 불분명한 그 시절'에 기록된 숱한 이야기들 속에서 네 가지 기준(실제로 존재하지 않는 장소에 가고자 했던 여행, 실제로 존재하지 않는 장소에 갔다거나 그곳을 보았다는 여행, 이제 더 이상 할 수 없는 여행, 실제로 아주 불가능하지는 않다고 하더라도 믿기 힘들거나 있음직하지 않은 여행)에 해당하는 24편의 이야기를 정리하고 발췌해서 들려준다. 이름하여 《불가능한 여행기》.

대부분 여행기는 중국, 몽골, 인도 등 유럽인들이 아시아로 가는 길에서 생긴 일들이다. 어떤 이는 마르코 폴로가 그랬듯이 해 뜨는 동쪽을 향해 떠났고, 어떤 이는 크리스토퍼 콜럼버스가 그랬듯이 해 지는 서쪽으로 떠났다. 인공위성도, 지피에스(GPS)도, 비행기도, 여행 가이드북도 없었으니, 뭐 죽거나 죽을만큼 고생하거나! 그리고 갖은 고생 끝에 집으로 돌아오는 데 성공한 인물들은 너나없이 허풍쟁이가 되었다. 어차피 아무도 가보지 못한 곳인데 좀 과장한들 뭐 어떠랴. 여행하려면 돈이 필요하고 후원금을 마련하려면 최소한 금덩어리가 구르는 강과 수정으로 된 산 정도는 있다고 구라를 풀어야 다들 혹하지 않겠는가?

　자크 카르티에는 스스로 구라를 푸는 대신, 자신을 대신해서 구라를 풀어줄 인디언 추장을 납치해 프랑스로 데려갔다. 아마도 인디언 추장은 카르티에에게 그랬듯이 프랑수아 왕에게도 금과 루비로 가득한 나라뿐만 아니라, 항문 없는 사람들이 사는 나라 이야기도 했으리라. 항문 없는 사람들이 사는 나라라니, 지금이라면 초등학생도 '뻥치지 마라' 며 버럭할 이야기지만 어떤 합리적인 만류도 프랑수아 왕의 정복욕을 단념시킬 수는 없었다. 황금에 눈먼 자들에겐 뻔한 허풍을 분별할 지혜도 생기지 않는 법이니까.

　이 사람아, 인디언 추장은 그저 고향으로 돌아가고 싶어서 꾸며낸 거란 말이야!

# 09
# 짐을 줄이면 더 잘 보인다

《자발적 가난》과 지구 여행

안시연, 〈여행 — 템플레이스〉, 2009년.

독자로부터 선물을 받았다. 손수 그린 예쁜 그림이다. 자전거, 나침반, 구두, 책, 연필, 길, 구름, 빗방울, 별 등 여행을 연상시키는 사물들이 곳곳에 숨어 있다. 나는 이분에게 무엇을 선물할까. 목도리, 장갑, 다이어리, 스탠드, 오르골, 책? 사실 책처럼 고르기 쉬운 선물도 없을 것이다. 다른 선물들과 달리 책은 받는 이의 취향에서 비교적 자유로우니까. 책은 오히려 주는 이의 취향이 깊이 배어 있다. 내가 좋아하는 이 책을 너도 좋아하길 바라, 같은. 그러나 책의 내용이 아무리 좋아도 좀처럼 선물하기 힘든 제목의 책 한 권이 있다. 《자발적 가난》. 대도시의 초등학생부터 오지마을의 노인들까지 "부자 되세요"라는 주문에 걸려 있는 이 나라에서, 가난을 추구하는 책이라니! 선물하기엔 왠지 거북한 제목의 책이로구나.

'Less is More'가 《자발적 가난》의 원제목이다. 어쩌면 원제목을 그대로 사용하거나 직역해서 《적은 것이 많은 것이다》라고 했다면 더 많이 팔리지 않았을까? 물론 직역하면 너무 심심해서 수많은 자기계발류 책들 사이에 파묻혀 버렸을지도 모를 일이긴 하다. 그렇더라도 출판사 스스로 '자발적 가난'을 추구하지 않고서야 이런 제목을 사용했을 리가 없다는 생각이 든다. 아무튼 선물하기엔 거북한 제목이지만 알맹이까지 거북하진 않다.

골디언 밴던브뤼크가 엮은 이 책은 스스로를 위해서, 그리고 인류를 위해서 '자발적 가난'을 외친 이들의 '말씀들'을 한데 모은 보물창고다. 고대 그리스 철학자들과 노자, 부처, 예수를 거쳐 20세기의 니어링, 아인슈타인, 간디, 에크하르트에 이르기까지. 그런데 이 책이 여행과 무슨 관련이 있냐구?

삶은 여행이다. 65억 인류가 발붙이고 사는 지구가 시속 11만 킬로미터로 우주를 여행하고 있는 행성이라는 설명을 덧붙이지 않더라도 '삶은 여행이다'라는 정의를 부정하는 사람

은 없으리라. 어떤 이는 '여행은 삶이다'라고 말하기도 한다. 한 번 여행을 다녀오면 생을 한 번 산 것과 같다는 의미다. 그러고 보면 나도 지구란 행성에서 많지는 않지만 여러 생을 산 셈이다. 그리고 여러 생을 경험하면서 '짐을 최소한으로 줄여라'라는 여행 철칙이 상투적이지만 '진리'라는 걸 깨달았다. 짐이 가벼울수록(Less) 더 많은 것(More)을 듣고, 보고, 느낄 수 있었으니까.

온갖 것을 다 꾸린 짐을 들고 비틀거리는 한 이주자를 만났을 때, 그 짐이 그가 가진 재산의 전부라서가 아니라 그 많은 짐을 그가 다 운반해야 한다는 것 때문에 그가 불쌍했다. 만약 짐을 가지고 가야 한다면, 나는 짐을 최대한 가볍게 할 것이며 그것이 걸림돌이 되지 않도록 할 것이다. 하지만 아마도 가장 현명한 것은 짐을 아예 없애는 것이리라.

― 헨리 데이비드 소로

《자발적 가난》에서 인용하고 있는 소로의 말처럼 아예 빈손으로 길을 갈 순 없지만 여행을 할 때면 되도록 엠피스리 플레이어로 음악을 듣기보다는 가로수나 숲을 흔드는 바람 소리를 듣고, 카메라로 명소나 풍경을 촬영하기보다는 두 눈으로 그냥 본다. 진정 감동적인 대화는 굳이 노트북에 기록하거나 녹음기에 저장해두지 않아도 기억 속에 남는다. 물론 내 머릿속에도 지우개가 있어서 많은 것들이 지워진다. 그러나 기록으로 박제되지 않은 어떤 장소, 사람, 냄새, 소리는 불멸의 기억으로 남았다.

발걸음이 가벼울수록 여행도 가볍듯, 삶의 여정에

서 가난함으로 필요를 줄인 사람은 더 행복하고, 부
의 무게 아래 신음하지 않는다.

– 미누시우스 펠릭스

　《작은 것이 아름답다》의 저자이자 독일 출신의 영국 경
제학자 슈마허(Ernst Friedrich Schumacher)의 서문으로 시작되는
《자발적 가난》은 안드레 밴던브뤼크가 쓴 제1장 자발적 가난을
위하여, 제2장 가난은 얼마나 좋은 일인가, 제3장 가만히 욕망

을 들여다보기, 제4장 덜 풍요로운 삶이 주는 더 큰 행복, 제5장 생산의 논리는 생명의 논리가 아니다, 제6장 생명의 논리, 제7장 모든 것을 버리고 여행자로 살아가라, 에 이르러 '삶은 여행이다' 라는 인식에 이른다. 여기서 미국의 초월주의자 랠프 왈도 에머슨은 말한다. '현명한 사람이라면 오로지 짐을 무겁게만 하는 유복함을 두려워할 것이다.'

총 10개의 장으로 이루어진 알맹이를 통해 지구별을 먼저 다녀간 선배 소크라테스, 피타고라스, 장 자크 루소, 프랜시스 베이컨, 톨스토이, 성 아우구스티누스, 라이너 마리아 릴케, 성 테레사, 플루타르크, 타고르, 올더스 헉슬리, 앨빈 토플러, 몽테뉴, 쇼펜하우어, 셰익스피어, 윌리엄 브레이크 등은 지구별을 여행하는 진정한 여행의 기술을 알려준다. '자발적 가난'이야말로 인류가 이 행성을 더 풍요롭게 여행할 수 있는 비결이라고.

# 10
## 황홀한 제주도의 밤
《그 섬에 내가 있었네》와 다랑쉬오름

오름들 중 가장 독특한 분위기의 분화구를 지닌 암오름,
분화구 너머로 또다른 오름들이 물결치고 있다.

"아이고, 폴대를 안 갖고 올라왔어!"
"어이구 네가 하는 일이 그렇지."

동행한 K로부터 핀잔이 날아든다. 그래 내가 하는 일이
이렇지, 나도 가슴을 치며 자책을 한다. 그도 그럴 것이 텐트 치
고 일박하자며 텐트·매트·침낭·버너 등을 다 싸 짊어지고
올랐는데 산을 다 오르고 보니 산 아래 세워둔 차 트렁크 안에
텐트 폴대를 두고 왔으니! 영락없이 노영(露營)을 해야 할 판이
다. 아침이 되기 전까진 녀석의 잔소리가 끝나지 않을 테지. 결
국 나는 이마에 불 밝힌 랜턴을 매달고서 나홀로 야간 산행을
감행하기로 했다. 하긴 오르내리는데 2시간이면 되는 산이니까.

월랑봉을 오르내린 게 벌써 네 번째다. 그러니 이번에 하산한 즉시 다시 오르면 다섯 손가락을 다 채우게 된다. 해발 382미터에 불과한 이 봉우리를 제주도 사람들은 다랑쉬오름(기생화산)이라고 부른다. 그래, 이곳은 바다 건너 제주도. 제주도 중심엔 은하수[漢]를 잡을[拏] 수 있는 산, 한라산이 있고, 한라산을 가운데 두고 곳곳에 360개가 넘는 오름이 있다. 그러니 하루에 한 개의 오름을 오른다 해도 1년이 넘게 걸린다.

나는 제주도의 진정한 맛은 해안도로도 이국적 풍경도 아닌 오름이라고 생각한다. 제주도에 와서 오름을 한 번도 오르지 않은 사람은 제주도를 보지 못한 것과 같다. 맨 처음 다랑쉬오름을 올랐을 때 나는 겉과 속이 판이하게 다른 모습에 기겁을 했다. 밖에서 본 모습은 봉긋하게 누운 여자의 젖가슴 같은데, 정상에 이르고 내려다보면 가운데 움푹 들어간 분화구를 품고 있어 마치 대지의 자궁 같다. 더구나 다랑쉬오름 주변엔 인공적인 건축물이 눈에 띄지 않아 원시시대로 되돌아간 듯한 착각까지 불러일으킨다.

투둑! 깜짝이야. 사람들이 인위적으로 만든 다랑쉬오름 길 바깥으로 나가면 초록빛 풀숲. 어둠 속에서 풀을 뜯던 사슴이 달아난다. 제주도엔 정말 사슴이 많다. 지난 여름 내가 일했던 목장만 해도 처음엔 300마리에 달하는 사슴을 길렀다고 한다. 근데 내가 일하던 무렵엔 반 넘게 도망치고 100여 마리 정도밖에 남아 있지 않았다. 목책을 치고 철망을 둘러도 녀석들은 어떻게든지 자유를 찾아 탈출을 한다. 목장을 관리하는 입장에선 사슴은 정말 성가신 동물이다. 말들은 목책만 대충 둘러쳐 놓으면 도망가지 않는다. 그러나 사슴은 아무리 촘촘히 철망을 쳐놓아도 어떻게든지 틈새를 찾아내어 땅을 파고 달아난다. 예쁘고 슬픈 눈망울과는 달리 여간 영리하고 좌충우돌 정신없는 동물이 아닐 수 없다. 도망간 사슴들을 쫓고 모느라고 풀에 베인 상처가 아직도 남아 있다. 게다가 아무리 잡아놓아도 또 다시 토낀다. 빠삐용이 따로 없다.

서울, 아니 육지를 탈출한 빠삐용, 사진작가 김영갑은 제주도 풍광에 반해 1985년부터 아예 제주도로 내려와 사진을 찍으며 지냈다고 한다. 어쩌면 그에게 제주도는 〈알 포인트〉 같은 곳이었는지도 모르겠다. '제주도 오름에 매혹당한 자, 돌아갈 수 없다.' 그는 두모악 갤러리의 문을 연 지 3년, 2005년 제주도에서 생을 마감했다. 그의 부음을 듣던 여름, 나는 제주 바닷가에서 목조 펜션을 짓고 있었다. 비 내리는 날은 공치는 날인지라 나는 살아생전 김영갑이 가장 사랑했다는 용눈이오름으로 갔더랬다.

그날 오전부터 내리던 비는 오후 4시경이 되자 그쳤다. 지방도로 하나가 지나가는 용눈이오름 앞에 차를 세우고 길 위에 올라서자 가는 비가 다시 내리기 시작했다. 약식의 관광지도에는 이름조차 나와 있지 않은 용눈이오름은 압오름이나 다랑쉬오름이 하나의 오름으로 이루어져 있는 데 반해 세 개의 오름이 서로 겹쳐지며 마치 용이 노는 듯, 용이 누운 듯 보여 용눈이오름이라 불려진다고 했다. 나는 발목에 빗방울을 적시며 산길을 걸었다. 조금씩 고도가 높아지면서 풍경이 달라졌다. 바다를 향해 고개를 돌리자 성산이 눈에 들어오고 이어 우도가 눈에 들어왔다. 그리고 용이 몸을 뒤채기 시작했다.

나는 용의 등에 올라 오름과 내림을 반복했고, 사방을 둘러볼 때마다 달라지는 풍경으로 인해 가슴이 벅차올랐다. 높낮이에 따라, 시선의 각도에 따라 마치 순간적으로 공간이동을 하는 듯했다. 그렇게 한 바퀴를 다 돌아 처음 출발한 등성이의 한 지점에 왔을 때, 나는 환각의 미로 안에 들어 있음을 알게 되었다. 용눈이오름은 그 자체로 하나의 미로였던 것이다. 분명히 한번 지나친 장소인데 서 있는 위치나 시선의 각도를 살짝 달리

하면 전혀 낯선 장소에 있는 듯한 착각에 빠뜨리는. 같은 길 위에서도 풍경이 전혀 달라 보이는 환각에 취해 다시 한 바퀴를 돌았다. 분명 같은 지점인데 또 다시 그 장소가 낯설었다, 마치 처음 와 본 곳처럼. 그곳은 입구와 출구가 어디인지 뻔히 알면서도 결코 같은 풍경 위에 설 수 없는 환각의 미로였으며, 세상의 모든 길을 만나고 싶었던 사내에겐 절망의 크레바스였다.

세상의 모든 길이 아니라, 수 킬로미터도 안 되는 그 길 위에서도 길은 마치 하룻밤에 수십 센티미터씩 자라나는 죽순처럼 달라지고 있었다. 심지어 해까지 지기 시작하자 시간까지 한몫해서 끊임없이 낯선 길을 만들어 냈다. 나는 용눈이오름에서 길이라는, 미처 알지 못했던 길의 거대함과 마주쳤다. '길이라는 이름의 도달 불능점'. 내가 세상의 모든 길을 지난다 하여도 그것은 '내가 지나가는 시간의 길' 일 뿐 나는 그 길의 24시간을, 아니 365일을 알지 못한다. 결국 지금껏 내가 지나간 길이란 그저 '그 시간의 길' 이였을 뿐.

나는 물리적인 불가능뿐만 아니라 시간적인 불가능까지 더한, 길이라는 이름의 도달 불능점에 아득해지고, 아득해진 마음으로 고개를 숙인다. 아래를 보자 아드리아네의 실처럼 파란

꽃 세 송이가 피어 있다. 그래, 용의 등에 올라타기 전에 이 푸른 꽃들을 보았었지. 간신히 환각에서 벗어난 나는 성산의 일출봉과 우도의 등대와 다랑쉬오름을 바라보며 길을 내려왔다. 용눈이오름 아래 솟은 돌무덤을 본다. 용이 승천할 때, 용을 타고 함께 승천하고자 무덤을 이곳에 만들었다는 이야기가 목덜미에 떨어진다. 차갑다.

〈남극일기〉란 영화를 통해 처음 알게 된 단어, 도달 불능점. 언젠가 한 친구는 시지프스의 신화를 처음 접했을 때 도달 불능점에 대한 생각을 했다고 했다. 그리고 물었지. "그래도 가야만 하는 것이라면 가야 하는 것이겠죠" 하고. 그러나 시지프스의 언덕이 고(苦)라면 길은 락(樂)이다. 하여 '가야만 하는 것'이 아니라 '가고 싶은 것'이 되는 이치를, 하여 길 위의 사내에게 '도달 불능점'은 '유쾌한 절망'이 되는 것을, 그렇게 나도 차츰차츰 제주도의 오름에 미치기 시작했다. 집 짓는 일이 끝나고 뭍으로 돌아와서도 제주도의 오름이 그리울 때면 김영갑이 남긴 사진에세이집을 펼쳐보았다.

선이 부드럽고 볼륨이 풍만한 오름들은 늘 나를 유혹한다. 유혹에 빠진 나는 이곳을 떠날 수 없다. 달밝은 밤에도, 폭설이 내려도, 초원으로 오름으로 내 달린다. 그럴 때면 나는 오르가슴을 느낀다. 도시보다는 자연에서, 낮보다는 밤에, 나의 성감은 자극을 받는다.

— 김영갑의 《그 섬에 내가 있었네》 중에서

그래서 다시 제주도로 내려와 중산간 목장에서 여름을 보냈던 것이고, 또 다시 오름을 오른 것이다. 성산 위 구름 속을 벗어난 보름달이 땡그랑땡그랑 구르자 저 멀리 용눈이오름이 꿈틀꿈틀하고, 수평선 위로 한치잡이 배들의 불빛들 반짝이자 무릎 사이로 반딧불이가 지나간다. 1시간이 지나 나는 다시 주차장에 도착했다. 자, 이제 트렁크 문만 열면……. 이런! 호주머니 속에 있어야 할 차 열쇠가 없다. 배낭을 내려놓으면서 차 열쇠도 산 위에 두고 내려온 것이다. 한심스럽다는 듯 쳐다볼 K의 눈빛이 선하다. 젠장, 달밤에 하릴없이 오름을 오르내린 내 꼴이라니!

결국 다섯 번째로 다랑쉬오름을 올랐고, 바람 부는 오름의 한 귀퉁이에서 보름달이 머리 위로 지나가는 모습을 고스란히 올려다보며 잠들 수밖에 없었다. 달그림자 속에 성채처럼 우뚝 솟은 성산이며, 다랑쉬오름을 둘러싼 또 다른 오름, 오름들.
칠칠치 못한 건망증 탓에 맛본 참으로 황홀한 제주도의 밤.

그날 밤은 정말 이어도가 따로 없었다.

# 11
# 길의 연금술
《걷기 예찬》과 지리산 둘레길

고마워요, 한 뼘이라도 더 수확해야 할 다랑논을
지리산길을 위해 내놓으신 분.

'브르통'과 '보통'은 발음이 비슷하지만 작가라는 것 외에는 전혀 다른 사람이다. '노무현'과 '이명박'이 대통령이라는 것 외에는 전혀 다른 사람이듯이. 물론 확고불변한 공통점이 있다. 언젠가는 죽는다는 것 말이다(한 사람은 죽음으로써 '영원히 살아있는 대통령'으로 부활했지만, 나머지 한 사람이 그렇게 되기엔 정말, 요원해 보인다). 모든 사람이 죽지만 어떤 사람은 부활하기도 하듯이, 길 역시 죽기도 하고 부활하기도 한다. 지리산길이 지리산을 아끼고 걷기 여행을 사랑하는 사람들에 의해 부활하고 있다.

2007년 1월 지리산을 사랑하는 사람들이 모여 '속도의 문화를 느림과 성찰의 문화로, 위로만 오르는 수직의 문화를 눈

높이 맞추는 수평의 문화로 전환하는' 지리산길을 만들기 위해 사단법인 숲길을 창립했다. 오랜 옛날부터 지리산을 둘러싸고 마을과 마을을 이어주던 길, 자동차의 등장으로 잊힌 길들을 되살려내기로 한 것이다. 산림청이 사업 지원을 하기로 했다. 2007년 8월 시범구간이 개통된 이후 국내 최초의 장거리 도보 길을 다녀간 사람들은 이 길을 '지리산 둘레길'이라고 부르기 시작했다. 전 구간이 이어지는 2011년엔 300여 킬로미터에 이를 지리산길은 한 지점에서 한 지점을 잇는 선(線)형의 길이 아니라, 지리산 둘레를 한 바퀴 도는 환(環)형의 길이 된다.

2009년 5월 24일 30킬로미터를 연장해 70여 킬로미터에 이른 지금은 시작과 끝이 있는 길이지만 모든 길이 이어지고 나면 시작도 끝도 없는 길이 된다. 전남, 전북, 경남 어느 도에서든 구례, 남원, 하동, 산청, 함양 어느 마을에서든 여행을 시작하고 끝낼 수 있다. 하루 7시간씩 걸을 경우 32.5일이 걸릴 것이라 한다. 그러나 전 구간을 다 걸었다 해도 길은 끝나지 않을 것이다. 한 달이 지나 출발 지점으로 돌아왔을 때는 이미 다른 길이 되어 있을 테니. 같은 지점이되 이미 출발할 때와는 다른 꽃이 피고, 다른 싹이 돋아 낯선 풍경 앞에 서 있게 될 여행자는 영원히 끝나지 않는 길을 만나게 될 것이다. 같은 것은 3개 도, 5개 시군의 이름뿐. 숲길, 고갯길, 강변길, 논둑길, 농로, 마을길

은 늘 다른 시간의 옷을 갈아입고 나그네를 맞이할 것이다.

초여름 지리산길을 걸었다. 배낭 속에는 손때 묻은 책이 들어 있었다. 다비드 르 브르통의 《걷기 예찬》. 걷다가 쉬거나 먹고 쉬거나 할 때마다 꺼내어 읽을 요량이었다. 작지만 알찬 이 책은 걷기에 대한 예찬으로 가득한 노래집이며, 걷기에 대한 '시적인 정의'들로 가득한 사전이다

걷는 것은 자신을 세계로 열어놓는 것이다. 발로, 다리로, 몸으로 걸으면서 인간은 자신의 실존에 대한 행복한 감정을 되찾는다.
걷는다는 것은 세계를 온전하게 경험한다는 것이다. 이때 경험의 주도권은 인간에게 돌아온다.
걷기는 시간과 공간을 새로운 환희로 바꾸어놓는 고즈넉한 방법이다
걷는 사람은 공간이 아니라 시간 속에 거처를 정한다.
걷는다는 것은 침묵을 횡단하는 것이며 주위에서 울려오는 소리들을 음미하고 즐기는 것이다.
보행은 가없이 넓은 도서관이다.
길을 따라가는 동안 조우하는 온갖 우연한 만남들

의 기회는 우리를 근원적인 철학으로 초대한다.

세상의 모든 길은 땅바닥에 새겨진 기억이며 오랜 세월을 두고 그 장소들을 드나들었던 무수한 보행자들이 땅 위에 남긴 잎맥 같은 것.

길을 걷는 것은 장소의 정령에게, 자신의 주위에 펼쳐진 세계의 무한함에 바치는 끝없는 기도의 한 형식이다.

걷기는 시선을 그 본래의 조건에서 해방시켜 공간 속에서뿐만 아니라 인간의 내면 속으로 난 길을 찾아가게 한다 .

– 다비드 르 브르통의 《걷기 예찬》 중에서

그러나 책을 가져가긴 했는데 배낭에서 꺼내 읽을 필요가 없었다. 지리산길은 그 자체로 걷기 예찬으로 가득한 '노래집'이자 '명상서적'이며 자연과 마을, 문화와 역사를 잇는 '도서관'이었기 때문이다. 길 위에서 만나는 풍경과 소리, 냄새, 촉감이 끊임없이 말을 걸었고, 마을과 당산나무와 숲이 수많은 이야기를 들려주었다. 때론 땀이 흐르고 때론 비바람을 맞았지만 무지개가 뜨자 나는 이미 노래를 부르고 있었다. 무엇보다 전라도와 경상도를 잇는 등고재를 넘기 전 무인 판매소에서 마신 동

동주가 참 맛있었다.

지리산길을 걷다 하루는 실상사에 들러 도법스님을 뵈었다. 지리산길을 모두 이어서 모든 사람이 마음 편히 걸을 수 있는 길을 만들 생각을 처음 하신 분이다. 도법스님께서 나에게 물었다.

"천만금을 줄 테니 네 두 다리를 내줄 수 있느냐?"
"아니요."
"대통령이 되게 해줄 테니 네 두 눈을 내줄 수 있느냐?"
"아니요."

도법스님께선 다시 길을 떠날 나그네에게 말했다.

"억만금과도 맞바꿀 수 없는 두 다리와 어떤 권력과도 맞바꿀 수 없는 두 눈을 온전히 갖고 있는 너는 얼마나 소중한 존재냐!"

나는 두 다리로 지리산길을 걷고, 두 눈으로 지리산의 사람과 마을과 산을 보았다. 혹자는 지리산을 지리산이라 부르는 까닭을 지혜 지(智), 다를 이(異), 뫼 산(山), 즉 지리산을 만나고, 지리산의 길을 걷고, 돌아갈 땐 지혜가 달라지기 때문이라고 했다. 그 말은 브르통이 《걷기 예찬》에서 했던 말과 일맥상통하는 데가 있었다.

인간을 바꾼다는 영원한 의무를 다하기 위하여 길의 연금술이 인간을 삶의 길 위에 세워놓는다

# 12
# 침묵의 쓸모

《침묵의 세계》와 한강 발원지 검룡소

한강의 첫걸음이 시작되는 검룡소에서 프러포즈를 한다면–
우리 사랑 여기서 발원되다.

지구상에서 지금껏 출간된 수많은 책들 중에 '침묵'이란 단어가 가장 많이 들어간 책은 무엇일까? 내 짐작엔 막스 피카르트의 《침묵의 세계》일 것 같다. 사실 《침묵의 세계》란 제목 탓에 책을 펼치면 단 하나의 활자도 없이 텅 빈 백지만이 덩그러니 놓여 있을지도 모르겠다고 생각했다. 그러나 그 예상은 보기좋게 빗나갔다. 책장을 열자 백지 대신 '침묵'을 주어로 한 수많은 문장들이 가득했다. 그리고 그 문장들 하나하나가 나비처럼 시가 되어 날아올랐다.

막스 피카르트는 말한다. '인간은 자신이 나왔던 침묵의 세계와 자신이 돌아갈 또 하나의 침묵의 세계—죽음의 세계—사이에서 살고' 있으며 '시는 인간 자신과 마찬가지로 한 침묵에서 다른 침묵으로 가는 길 위에 있다' 고.《침묵의 세계》를 읽다 보면 그가 쓴 문장들 하나하나가 시가 되어 이를 증명하고 있음을 눈치챌 수 있다.

라디오, 확성기, 텔레비전처럼 원래 소리를 내기 위한 목적으로 만들어진 사물이 아니더라도 비행기, 자동차, 오토바이, 냉장고, 컴퓨터, 보일러 등등 소리를 내는 수많은 사물들로 가득한 세상에서 태어나 살아온 지도 수십 년이 지났다. 그런 탓에 침묵이 고이는 장소를 만나기가 쉽지 않았다. 그래도 침묵은 어느 시대에나 존재한다.

지상에 아직 침묵이 존재하고 있음을 가장 근래에 느끼게 해준 장소는 강원도 태백의 검룡소였다. 굳이 막스 피카르트가 얘기해주지 않더라도 도시란 이미 소음으로 가득 찬 공간. 대한민국에서 가장 거대하고 요란한 소음 발전소, 서울에서 한강을 거슬러 태백의 검룡소로 갔다. 처음 이곳에 왔던 2005년과 달리 오가는 길도 포장되어 있고, 주차장도 널찍하니 잘 정비되어 있었다. 쿵작쿵작 음악이 흘러나오는 단체관광용 버스들 사이에 차를 세우고 길을 나섰다. 수학여행이나 소풍이라도 온 모양인지 남녀 고등학생들이 떠들썩한 웃음을 터뜨리며 내려왔다. 소음은 아니지만 그렇다고 침묵도 아닌 소리들이 우리를 에워쌌다. 소리의 행렬은 차츰 줄어들다가 늘 교실 뒷자리에 앉아 있을 것 같은 아이들의 느닷없는 비명으로 끝났다. 숲은 그것을 경계로 정적에 휩싸였다.

자연의 사물들은 침묵으로 가득 차 있다. 침묵을 담는 그릇처럼, 침묵으로 가득 찬 채 자연의 사물들은 거기 존재하는 것이다. 산, 호수, 들판, 하늘은 인간의 도시에 있는 소음의 사물들에게 자신이 가지고 있는 침묵을 다 비워내 주려고 어떤 신호를 기다리고 있는 것처럼 보인다.

시간조차 멎어버린 것 같은 숲 한가운데로 오솔길이 가느다랗게 이어졌고, 침묵의 전령인 듯 검은 나비 흰나비가 하늘하늘 날아올랐다. 수백 마리 나비들이 길가에 앉아 있다가 우리의 발걸음이 가까워지면 천천히 날아올라 검룡소로 가는 길을 안내했다. 쉴 새 없이 나비들이 날아오르는데도 소리 한 점 없어, 마치 무성영화의 한 장면 속으로 들어온 것만 같았다.

"나비가 이렇게 많은 길은 처음이야."
"정말 신기한데."

동행한 사람과 몇 마디 말을 주고 받을 땐 침묵
이 우리들 곁으로 다가와 귀를 기울였다. '침묵이 존
재하는 곳에서는 인간은 침묵에 의해서 관찰당한다.
인간이 침묵을 관찰한다기보다는 침묵이 인간을 관찰
한다'고 했던가.

맑은 개울을 건너자 초록빛 터널이 이어지고
곧 한강의 발원지에 도착했다. 도시에서 추방당한 침

묵이 깊이를 알 수 없는 암반 속에 웅크리고 있다가 물방울들과 함께 솟아올랐다가 아래로 아래로 뛰어내렸고, 하루에도 수천 톤이 솟아오르는 물은 침묵을 머금은 뒤 푸른 이끼 사이를 지나 아래로 아래로 흘러갔다. 이곳에서 시작된 한강의 첫 물줄기는 또 다른 물줄기들을 만나며 온갖 소음으로 가득한 서울 한가운데를 관통하여 바다로 갈 것이다.

막스 피카르트는 침묵이 현대 세계에서 추방당한 까닭을 '수익성'이 없고, '목적성'이 없고, '생산성'이 없기 때문이라고 했다. 그러나 장자가 외물 편에서 말한 '쓸모없음의 쓸모있음'을 되새겨 본다면 우리들이 아직 침묵에서 배우고 얻어야 할 것들이 너무나 많다는 것을 깨달을 수 있을 것이다.

침묵하는 실체는 한 인간의 변화가 일어나는 곳이기도 하다. 물론 이 변화의 원인은 정신이겠지만, 침묵이 없다면 변화는 실현되지 못한다. 왜냐하면 변화할 때 인간이 자신의 모든 과거로부터 해방될 수 있는 곳은 오직 그가 지나간 것과 새로운 것 사이에 침묵을 놓을 수 있을 때뿐이기 때문이다.

– 막스 피카르트의 《침묵의 세계》 중에서

일찍이 막스 피카르트의 책을 읽은 소설가 신경숙은 말했다. '실리와 유용의 저편에 있는 침묵이 사실은 가장 먼 데까지 퍼져 나간 가장 성숙한 존재의 대지라는 걸.'

# 13
## 정든 님은 어디로 갔을까?
《침묵의 뿌리》와 태백, 고한, 사북간 38번 국도

사북읍에 있던 폐가, 〈정든 님〉은 마스카라가 번진 여자의
검은 눈물자욱 같은 인상의 건물이었다.

기억나지 않는 과거의 어느 순간, 누군가가 말했다. '너는 천 개의 베개를 가졌어.' 그 문장이 시참(詩讖)이 되어 나로 하여금 길 위에서 숱한 밤을 보내게 했던 것일까? 그동안 참 많은 장소에서 잠들곤 했었다. 어느 봄날 호숫가에 침낭을 펴고 누워 잠든 적도 있고, 야간열차 우편물 화차 바닥에 몸을 누인 적도 있고, 사막 한가운데 은빛으로 흘러내릴 듯한 은하수를 올려다보며 잠든 적도 있고, 방파제 가운데 차를 세우고 사방에서 들려오는 파도 소리에 몸을 싣고 밤새 물 위를 떠다닌 적도 있다. '천 개의 베개' 운운하는 말을 곧이곧대로 믿고 천 개의 베개를 다 채우려고 했던 것은 아니지만, 같은 장소를 굳이 다시 찾아가 잠든 적은 없었다. 아니, 딱 한 군데 싸리재를 제외하면.

강원도 정선군 고한읍 고한리 싸리재는 오르는 방향에 따라 두문동재라고도 하는데 태백–고한간 국도 38번이 지나가는 고갯길이다. 아니, 옛 국도 38번이 지나가는 고갯길이다. 태백–고한간 두문동재 터널이 뚫리면서 해발 1,268미터의 싸리재를 넘어가던 옛 국도는 폐도가 되었고, 그로 인해 싸리재는 이제 백

두대간을 넘나들거나 함백산을 오르내리는 등반객들이나 오가는 길이 되었다. 하긴 연탄 소비량이 줄어들면서 석탄 채광산업이 몰락하면서 이미 이 길은 잊혀져가고 있었는지도 모르겠다.

그동안 나는 다양한 시간대에 걸쳐 여러 가지 이유로 서울에서 싸리재까지 오가곤 했다. 국도가 지나가던 가장 높은 고갯마루에서 마주하는 어둠은 나만의 동굴이었다. 돌담불 위로 초승달이 지나가는 동안 나는 실

내등을 켜고 흑맥주를 마시며(왠지 그곳에 가면 검고 쓸쓸한 맥주가 먹고 싶어졌다) 어떤 책을 읽거나, 어떤 책을 떠올리곤 했다. 김하돈의 《고개를 찾아서》로부터 조세희의 《침묵의 뿌리》에 이르기까지.

내가 싸리재를 알게 된 것은 김하돈 덕분이지만 그보다 먼저 국도 38번이 지나가는 태백, 고한, 사북지역의 탄광촌으로 나를 이끌었던 것은 조세희였으며, 사북이란 지명을 알게 해준 것은 고교 시절의 L선배였다. 나는 그가 쓴 〈어둠 소리〉라는 시를 좋아했었다.

모든 잘잘못/하늘 깊고 땅 얕은 탓이거늘/거친 땅 걸어온 길/부르튼 발바닥을 지닌 그대/그림자나마 쓸쓸히 보아주렴/…… /그 오월, 온 천지에 뿌린 그 피/영원한 자, 영원하지 않은 자/ 그건 또 뉘 그어 놓은 선인가/우리들 슬픔/하늘 깊고 땅 얕은 탓/우리가 던진 돌멩이가 억만 겹 쌓일 때/나는/겨울의 어둠소리를 듣는다.

그때 나는 1학년, 그는 3학년이었다. 졸업하는 그에게 고교시절 3년 동안 읽은 책들 중 가장 인상적인 책이 무엇이었냐

고 물었다. 그는 조세희의《침묵의 뿌리》였다고 대답했다. 조세
희란 작가의 이름은 이미 익숙했지만《침묵의 뿌리》란 제목은
낯설었다. 그의 소설 중에서 그런 제목이 있었던가? 곧 겨울 방
학이 시작되었고 서점에서 그 책을 찾아보았다. 절판되었는지

도무지 찾을 길이 없었다. 나는
시립도서관을 뒤져 겨우《침묵
의 뿌리》를 캐낼 수 있었다. 그리
고 표지를 보는 순간, 나는 전율
을 느꼈다. 무심한 듯 처연한 소
녀의 흑백 사진.

《침묵의 뿌리》를 다 읽고
나자 강원도 탄광촌에 가고 싶었
고, 박광수 감독의 〈그들도 우리
처럼〉을 보고 나자 다시 태백, 고
한, 사북에 대한 그리움으로 가
슴이 먹먹해졌다, 마치 내가 그
곳에서 태어나기라도 한 것처럼.
결국 나는 태풍이 이 땅을 지나
가던 어느 여름 사북으로 갔다.

만 열 여섯의 소년이 시립도서관에서 처음 사북을 만나면서부터 잿빛 탄가루가 소년의 머리칼 위로 쌓여갔고, 책갈피를 넘기는 동안 소년의 심장도 그 잿빛의 풍경처럼 새카맣게 변했다. 소년은 청년이 되자 그 콜록거림의 진원지를 직접 찾아 나서기

로 했다. 1995년 이 땅을 지나간 태풍의 이름은 재니스. 나는 삼척, 태백, 고한을 거쳐 처음 사북으로 갔다.

그후 사북은 드라마 〈에덴의 동쪽〉을 비롯해 여러 편의 영화와 드라마의 배경이 되면서 전국적인 인지도를 갖게 되었다. 1962년 광산지역 개발로 인구가 증가하기 시작한 사북읍의 역사는 '산업 역군'과 '카지노'로 집약되는 해방 이후 한국사의 축약판 같다. 2004년 또 다시 사북을 찾았다. 읍을 관통하는 개천가에는 〈정든 님〉이란 이름의 술집이 있었다. 폐가였다. 《침묵의 뿌리》의 표지, 처연한 눈빛의 소녀를 보았을 때처럼 눈을 뗄 수가 없었다. 그리고 '우리가 버려두고 돌보지 않은 것'들이 머리를 스치고 지나갔다. '인류의 이상'을 실현시킬 수 있으리라 믿었던 시절의 희망과 열정. 폐가의 문을 열면 옛 친구들이 왜 이제야 돌아왔느냐고 반겨줄 것만 같았다.

마지막으로 사북을 찾았을 때 〈정든 님〉은 재건축을 하느라 사라지고 없었다. 마치 2009년 서울 용산에서 개발의 새 역사를 쓰느라 죽어간 사람들처럼.

# 14

# 사람도 지구도 섬이다

### 《섬을 걷다》와 이작도

썰물 때 바다 한가운데서 모습을 드러내는 이작도의 풀등,
동서 2.5킬로미터, 남북 1킬로미터에 이르는 모래 평원이 된다.

이사를 자주 다니는 사람은 자주 책을 방생한다. 그러나 매번 방생하지 못하고 간직하게 되는 책들이 있다. 나는 집을 옮길 때마다 혁명가로, 시인으로, 은둔자로, 방랑자로 책을 출간한 한 사내의 책을 늘 갖고 다녔다. 사내의 이름은 강제윤.

그의 섬 여행 프로젝트에 대해 처음 듣게 된 것은 3년 전이었다. 그의 포부에 대한 나의 첫 반응은, 어이쿠, 한발 늦었군!이었다. '대한민국의 푸른 테두리를 따라 흩어져 있는 모든 유인도를 여행한다'는 계획은 아무나 실행할 수 없지만, 누구나 해보고 싶은 프로젝트일 게다. 듣는 순간 훔쳐버리고 싶을 만큼. 시인의 계획을 훔치는 대신, 나는 그 프로젝트가 얼른 책으로 묶여 출간되기를 간절히 기다렸다. 시인인 그는 "견딜 수 없는 사랑은 견디지 마라"고 노래했지만 섬이란 곳이 전철 타고 차례차례 지나치면 그만인 지하철역도 아니니 견디는 것 외에는 정말 도리가 없었다.

그 후 휴대폰도 없이 자동차도 없이, 오직 발품을 팔아 섬과 섬, 섬과 내륙을 오가는 그로부터 일 년에 두 서너 번 전화가 오곤 했다. 매번 다른 전화번호였다. 지금 인천항인데…… 여긴 서울역인데……. 그렇게 그는 항구나 역의 공중전화를 붙들고 반갑게 나를, 친구들을 초대하곤 했다. "여행 중에 맛나는 막걸리를 구했구나. 같이 마실까 해서 좀 갖고 올라왔다. 어디서 만날까?" 나는 강제윤 시인 덕분에 서울에 앉아서 전국에서 가장 맛난 막걸리들을 마실 수 있었다. 막걸리를 마시며 매번 이번에는 어느 섬을 여행했느냐고 물었다. 아니 물었다기보다는 재촉했다고 하는 것이 더 정확할 것이다. 얼른 그가 쓴 섬 여행기가 보고 싶었던 것이다.

오랜 기다림 끝에 나는 책장의 한 자리를 차지할 또 한 권의 책을 갖게 되었다. 《섬을 걷다》. 이전에도 없었고 앞으로도 없을, 섬들에 관한 가장 내밀한 여행기. 책장을 넘기는 순간 눈앞에 섬들이 펼쳐진다. 낯익은 이름의 섬도 있고 생소한 이름의

섬도 있다. 하긴 대한민국 500여 개의 유인도 중 육지 사람들이
알고 있는 이름이 몇이나 되겠는가. 그래서 놀랍다. 그 많고 생
소한 이름의 섬들에도 사람이 살고 있다는 사실이. 어쩌면 그
지점이 이 책의 가장 큰 매력이기도 하다. 시인은 섬을 여행한
다기보다는 섬에 사는 사람들을 여행하는 것 같다. 섬에서 만난
할아버지, 할머니, 소년, 소녀 들과 시인이 주고 받는 이야기를
통해 우리는 섬들의 가장 내밀한 속살을 들여다 볼 수 있다. 나
는 겨울밤 따뜻한 온돌방에서 부는 바람 소리를 들으며 귤을 까

먹듯 한 알 한 알, 섬들을 까먹었다. 날이 풀리기를 기다리며.

봄이 오자마자 《섬을 걷다》에 담겨 있던 이작도로 건너
갔다. 인천여객터미널에서 배를 탔다. 강제윤 시인과 길동무들
이 함께 떠난 여행길이었다. 서해대교 아래를 지나 뱃길로 1시
간, 영화 〈섬마을 선생님〉의 로케이션 장소이기도 했던 대이작
도에 도착했다. 강제윤 시인을 앞세우고 우리 일행은 해안도로
와 숲길과 산길을 걸었다. 자동차 한 대 오가지 않는 길이었다.

"자동차의 방해 없이 걸음에 몸을 맡기고 온전히 걸을 때 생각은 자유를 얻는다. 애쓰지 않아도 자연히 '한 생각'이 오고 '한 생각'이 간다. 온전한 걷기란 단지 다리 근육의 운동만을 의미하지 않는다. 그것은 잠들어 있는 생각을 깨우고 생각의 폭을 넓히는 정신의 운동이기도 하다."

— 강제윤의 《섬을 걷다》 중에서

대이작도의 최고봉 부아산은 해발 159미터에 불과하지만 정상에 서면 승봉도, 자월도, 소야도, 덕적도, 굴업도, 백아도 등 주변 섬들이 내려다보인다. 한때 해적들이 많아 이적도라 불리기도 했다는 이작도는 아름다운 해변과 산과 숲을 고루 간직한 섬이다. 한적한 길들이 해변과 산과 숲을 이어주고 있었다. 산에서 내려가 미리 예약해둔 식당에 둘러앉아 저녁 식사를 한 뒤, 해 저문 해변으로 내려갔다.

시인 강제윤과 영화감독 김태용이 《섬을 걷다》 중 〈이작도〉와 〈자월도〉 편을 낭독하고, 가수 박강수가 노래를 부르고, 사진가 이상엽이 사진을 찍었다. "남한은 바다로 둘러싸여 있지 않은 쪽도 휴전선으로 가로막혀 있으니 섬이나 다를 바 없습

니다. 대륙도 크기만 다를 뿐 결국 바다 위에 떠 있는 섬이지요. 그리고 우리 좀더 멀리 나가 봅시다. 우주에서 바라보면 지구도 캄캄한 어둠 속에 떠있는 별, 아니 섬 아닙니까? 어떻게 보면 사람도 대륙도 지구도 모두 섬이지요. 그런 측면에서 우리는 섬에 대해 좀더 깊이 생각해 볼 필요가 있어요." 건축가 이일훈이 말했다. 그리고 보면 토머스 모어가 그린 '유토피아'도 섬이고, 홍길동이 선남선녀들을 데리고 떠난 '율도국'도 섬이고, 허생이 문자 모르는 이들만 남기고 떠나온 '빈 섬'도 섬이다. 인류는 우주 한가운데 떠 있는 푸른 섬, 지구에서 또다른 섬을 꿈꾸며 한 생을 사는구나!

자리를 옮겨 시작된 우리들의 술자리는 새벽이 되어도 끝나지 않았다. 나는 새벽 4시가 되어서야 방으로 들어가 잠들었다. 새벽바다를 봐야겠다며 길을 나서는 길동무들의 발걸음 소리가 들렸다.

아침 일찍 썰물 때에 맞춰 바다로 나갔다. 이작도의 신기루, 풀등에 오르기 위해서였다. 밀물 때는 보이지 않다가 썰물 때 바다 한가운데에서 마치 모비딕처럼 솟아올라 모습을 드러내는 동서 2.5킬로미터, 남북 1킬로미터의 모래 평원. 민박집에서 대여해준 배를 타고 바다를 건너 풀등에 발을 내리니 마치 공상과학(SF) 영화 속의 한 장면 속으로 들어온 듯하다. 환호성을 지르며 풀등 위를 걷는데, 강제윤 시인이 안타까운 표정을 지었다. "풀등 넓이가 74제곱킬로미터인데 정부는 55제곱킬로미터만 생태계 보전지역으로 지정했어. 나머지 19제곱킬로미터의 모래밭은 토건업자들에 의해 언제 사라질지 몰라. 모래 채취가 재개되고 바닷속에 24시간 유압호스를 넣어 모래를 빨아들이면 허가 지역뿐만 아니라 인근 풀등의 모래 또한 유출될 것은 빤한 일이지."

섬이 망가지는 것은 태풍이나 풍랑 때문이 아니다. 탐욕 때문이다. 수억 년 온갖 풍파를 견딘 섬을 인간은 하루아침에 파괴한다. 인간의 탐욕이 허리케인이나 쓰나미보다 무섭다.

– 강제윤의 《섬을 걷다》 중에서

## 15
# 오리배 타는 사람들
### 〈아, 하세요 펠리컨〉과 산정호수

〈아, 하세요 펠리컨〉에서 오리배는 이주노동자들의 이동수단으로 사용된다.
날아오르는 방법은, 그냥, 페달을 젓는다. 그리고 난다.

한가한 주말, 남들처럼 유원지에 놀러갔다. 산정호수 (1925년 농업용수로 이용하기 위해 경기도 포천시 영북면 산정리에 축조한 관개용 저수지로, 지금은 서울 근교 유원지로 유명해졌다). 땡볕 아래를 걷다가 호숫가 술집 툇마루에 앉았다. 포천에선 역시 막걸리를 마셔야지. 도토리묵에 이동막걸리. 술 몇 잔을 비우며 호수를 내려다보는데 불현듯 두 사내가 떠올랐다. 아니, 두 사내의 작품이 떠올랐다. 켄 로치의 〈자유로운 세계〉와 박민규의 단편집 《카스테라》에 수록된 〈아, 하세요 펠리컨〉이다. 이 두 장편영화와 단편소설을 이어준 것은 퐁당퐁당 호수 위를 오가고 있는 오리배였다. 아직 오리배가 있냐고 물을지도 모르지만 아직 오리배가 있다. 타는 사람들이 있으니까. 근데 오리배가 어떻게 좌파 감독으로 알려진 영국의 켄 로치의 영화와 레게 머리를 한 한국의 박민규의 소설을 이어주는지, 설명하려면 좀 길다.

〈자유로운 세계〉는 신자유주의와 세계화의 쓰나미가 밀어닥쳐 발생하는 난민, 아니 이주노동자 문제를 고민하게 만드는 영화이면서 착취하거나 착취당하는 사람들로 이루어진 이 세계의 질서 그 자체를 고민하게 만드는 영화이기도 하다. 이 영화를 보는 모든 관객은 자신의 직업이 무엇이든, 사회적 신분이 어떻든 간에 자신의 얼굴을 들여다보게 된다. 여기 싱글맘 앤지가 있다. 직업소개소의 계약직 사원인 그녀는 상사의 성추행을 뿌리친 것에 대한 보복으로 해고를 당하고 나서 '이젠 명령받는 사람이 아니라 명령하는 사람이 되겠다' 고 선언한다. '어린 아들과 함께 살 집을 마련하고 싶다' 는 정도의 소박한 꿈을 가진 앤지. 그녀는 친구와 함께 이주노동자들에게 공장과 건설현장을 소개해주는 직업소개소를 직접 차리고, 젊음과 미모를 적절히 활용해 승승장구한다. 그러나 결코 세상은 호락호락하지 않다. 직업소개소 사장이 된 앤지는 '자유로운 세계' 혹은 '자유로운 시스템' 안에서 점점 악인으로 변해간다. 이 세계에서 돈을 벌고, 자신의 아들과 함께 살아남기 위해 자신보다 더

약한 사람들을 착취하고, 자신의 이익을 위해 불법 이주노동자들을 당국에 고발하는 것을 서슴지 않는.

앤지가 아니더라도 수많은 사람들이 이 세계에서 착취하거나 착취당하며 살아가고 있다. 어느새 세상은 자신이 원하든, 원하지 않든, 두 부류로 나뉘었다. 착취하는 사람과 착취당하는 사람. 그리고 이 세계에서 인간은 이 두 부류를 옮겨 다닐 뿐이다. 행복하지도, 슬프지도 않은 영화의 엔딩을 바라보며 왠지 허전한 기분이 들었다. 그러나 영화 제목이 곧 그 허전함을 충분히 메워준다. 영화의 원제 'It is a Free world'는 두 가지 의미로 읽을 수 있다. 하나는 It is a Free world—이것이 신자유주의를 부르짖어온 당신들이 말하는 〈자유로운 세계〉다! 또 다른 하나는 송강호가 주연한 〈우아한 세계〉처럼 강조를 위한 반어법으로 읽힌다. It is not a Free world—그 누구도 이 세계에선 자유로울 수 없다.

〈아, 하세요 펠리컨〉은 '문을 연다, 코끼리를 넣는다, 문을 닫는다'라는 식의 방법으로 아버지와 어머니, 그리고 학교와 미국과 중국까지 냉장고 속에 넣어버리는《카스테라》급 정도는 아니지만, 그래도 여전히 황당한 소설이다. 전문대를 졸업했지만 토익도 900점이 넘고, 영어회화도 중급 이상에 동아리 회장까지 역임한 청년이 있다. 그는 일흔세 곳에 원서를 넣고 일흔세 곳에서 고배를 마신 뒤 9급 공무원 시험 준비를 하며 유원지에서 일하고 있다. 칠 벗겨진 오리배와 고장난 두더지잡기 게임기가 전부인 유원지의 유일한 직원. 그곳에도 사람들은 놀러 온다. 중년의 불륜 커플, 방글라데시에서 온 노동자 부부, 규정을 꼼꼼히 따지는 쌍둥이 엄마, 중소기업을 운영하다 부도나서 도피 중이던 남자, 기타 등등. 여기까진 아주 현실적이다. 그러던 어느 날 밤, 낯선 오리배들이 철새떼처럼 저수지를 가득 채운 모습을 목격한다. 오리배 안엔 외국어를 하는 사람들이 잔뜩 타고 있다. 남미에서 중국으로 일자리를 찾아 가다 태풍 때문에 길을 잃은 사람들이란다. 이동 수단은 오리배! 나는 원리는 간단하다. 오리배를 탄다, 페달을 젓는다, 난다. 그 후 오리배를 타고 미국으로, 일본으로, 북경으로 오가는 각국의 '오리배 시민연합' 사람들을 만난다. 말하자면, 이주노동자들이다.

그래서다, 산정호수에서 오리배를 보다가 〈자유로운 세계〉와 〈아, 하세요 펠리컨〉이 동시에 떠오른 것은. 산정호수 반

대편 기슭 어디쯤 네팔에서 온 노동자가 박노해의《노동의 새
벽》을 읽다가 울고 있을지도 모른다는 생각이 들었다. 끄덕끄덕,
선착장에 묶여 있는 오리배들이 주억거렸다. 북쪽으론 명성산,
남쪽으론 관음산 등 여러 산으로 둘러싸인 호수라서 해도 빨리
저문다. 뿡뿡거리던 두더지 소리도 멎고, 놀이공원의 회전목마
도 멈추고, 마지막 남은 한 척의 오리배가 선착장으로 들어온다.

햇볕에 검게 그을린 청년이 밧줄을 들고 서 있다.

# 16
# 시인 아니면 아무것도 아닌 시인

〈한 잎의 여자〉와 올림픽공원

마지막 순간까지 시를 쓰고 있었던 오규원.
그는 시인 아닌 것은 아무것도 안 가진 시인이었다.

길 위에 서면 나는 생각의 속도와 걷는 속도가 정확하게 맞아떨어지도록 조절하는 데 전력을 다한다. 매번 성공하는 것은 아니지만 때로 이 두 개의 속도계 바늘이 딱 맞아떨어지는 순간이 있다. 그럴 때면 머릿속에서 불꽃이 '팍' 일어나며 어디서 이런 생각이 튀어나왔나 싶을 만큼 엉뚱한 상상으로 한껏 타오르기도 하고, 꽤 오랫동안 떠올린 적이 없었던 기억과 마주치기도 한다. 이때 물리적인 걸음의 속도를 높이거나 낮추면 불꽃은 사그라들다가 결국 꺼져버린다. 물론 그 불꽃이 눈에 보이는 것도 아니고 생각의 속도를 측정할 수 있는 것도 아니기에, '걸음의 속도와 생각의 속도와의 상관관계'를 증명할 수 있는 어떤 공식적·비공식적 자료도 나에겐 없다.

올림픽공원 산책을 하기로 했다. 공원 안내도를 보면 각 지명들은 올림픽이니 88 같은 수식어를 달고 있어 딱딱하고 재미없지만 공원은 정말 세계 어느 공원에 뒤지지 않을 만큼 아름답다. 올림픽공원은 토성(土城)을 공원화한 까닭에 넓은 지역에 걸쳐 평지와 언덕, 숲과 샛길이 다채롭게 연결되는 공간이다. 그리고 내가 무엇보다 이곳을 좋아하는 이유는 공원 안의 많은 길이 곡선으로 굽어지기 때문이다. 게다가 오르막과 내리막이 번갈아가며 연결되는 길들은 다음 풍경을 예측할 수 없기에 더더욱 호기심을 자극한다.

나는 노을을 등지고 몽촌 해자(垓子: 성 주위에 둘러판 못)을 향해 걸어간다. 물가에 서 있는 다양한 수목들. 나는 물푸레나무 앞에서 속도를 늦춘다. 나뭇가지엔 이파리 하나 보이지 않는다. 나는 아직 잠들어 있는 잎눈을 바라보며 어느 작고한 시인을 떠올린다. 자신이 사랑했던, 물푸레나무 한 잎같이 쬐그만 여자 얘기를 들려주다 어느새 나를 선(禪)의 사원에 살며시 내려놓고 갔던 시인. 고(故)오규원이란 낯선 제목으로 시작되는 기사를 접한 것은 술을 마시고 난 다음날 정오였다. 정오의 세계, 그 한 귀퉁이가 잘려나가는 느낌. 시인은 죽기 전 제자의 손바닥에 손가락으로 마지막 시를 남기고 갔다고 하는데……

한적한 오후다
불타는 오후다
더 잃을 것이 없는 오후다
나는 나무 속에서 자본다

    선사(禪師)의 죽음 같았다. 종교적인 관점에서 선사는 아니라 하더라도 선사와 다를 바 없는 임종의 모습을 보여주고 이별을 떠나는 이들의 소식을 가끔, 아주 가끔 듣거나 접하게 된다.
    얼마 전 인사동에서 열리고 있는 〈김수남 사진전〉을 관람할 때였다. 동행했던 B 스님은 김수남 작가가 태국에서 리수족의 신년맞이 축제를 촬영하다 카메라를 손에 쥔 채 죽었다는 사실을 들려주었다. '사진작가는 현장에서 사진을 찍다가 죽는 것이 가장 행복할 것이다' 라는 살아생전 그의 바람대로. 선사가 좌선한 채 입적하듯, 사진가가 사진 찍다가 죽음을 맞이하듯, 마지막 순간까지 시를 쓰고 있었던 오규원 시인. 그는 그야말로 '시인 아닌 것은 아무것도 안 가진 시인, 그래서 시인 아니면 아무것도 아닌 시인' 이었는지도 모르겠다.

내 사랑하는 여자,
지금 창밖에서 태양에 반짝이고 있네.

나는 커피를 마시며 그녀를 보네.
커피 같은 여자,
그레뉼 같은 여자,
모카골드 같은 여자.
창밖의 모든 것은 반짝이며 뒤집히네,
뒤집히며 변하네,
그녀도 뒤집히며 엉덩이가 짝짝이가 되네.
오른쪽 엉덩이가 큰 여자,
내일이면 왼쪽 엉덩이가 그렇게 될지도 모르는 여자,
줄거리가 복잡한 여자,
그녀를 나는 사랑했네.

자주 책 속 그녀가 꽂아놓은 한 잎 클로버 같은 여자.
잎이 세 개이기도 하고 네 개이기도 한 여자.

내 사랑하는 여자,
지금 창밖에 있네.
햇빛에는 반짝이는 여자,
비에는 젖거나 우산을 펴는 여자,
바람에는 눕는 여자,

누우면 돌처럼 깜깜한 여자.
창밖의 모두는 태양 밑에서 서 있거나 앉아 있네.
그녀도 앉아 있네.
앉을 때는 두 다리를 하나처럼 붙이는 여자,
가랑이 사이로는 다른 우주와 우주의 별을 잘 보여
주지 않는 여자,
앉으면 앉은,
서면 선 여자인 여자,
밖에 있으면 밖인,
안에 있으면 안인 여자,
그녀를 나는 사랑했네,
물푸레나무 한 잎처럼 쬐그만 여자,
여자 아니면 아무것도 아닌 여자.

– 《한 잎의 여자》 중 〈한 잎의 여자 3〉

　　고교 선배가 오규원 시인의 제자였기에 그 선배를 만날
때마다 오규원 시인의 이야기를 들었다. 푸른 스물, 전철이 한
강 다리를 건너갈 때면 햇살에 반짝이는 강을 쳐다보았다. 그리
고 전철이 지하터널로 들어설 때면 강물을 바라보듯 다시 고개
를 숙이고 읽었던 시집들. 《이 땅에 씌여지는 서정시》, 《왕자가

아닌 한 아이에게》,《가끔은 주목받는 생이고 싶다》,《길, 골목, 호텔 그리고 강물소리》.

한 세기가 지났다고 해서 그 백 년의 세월이 저무는 것이 아니다. 지난 세기를 치열하게 살았던 어른들이 죽을 때, 그때 지난 세기는 비로소 저물며 사라진다.

물푸레나무를 지나가는 산책길에는 사철나무들이 심겨 있고, 해발 1,000미터에서 자생하는 잣나무, 목질이 단단하고 치밀해 팔만대장경의 재료가 된 자작나무, 그리고 산수유나무와 목련이 서 있다. 베이지색의 솜털 보송보송한 목련의 꽃눈들. 봄의 축제, 그 출발선에 선 단거리 주자처럼 금방이라도 튀어나갈 듯 온몸을 동그랗게 말고 있다. '태양의 신호'를 기다리며.

몇 해 전 봄이던가? 햇살이 따뜻하던 골목길, 머리카락 하얗게 센 할머니가 앞에서 무언가를 조심스레 쓸고 있었는데, 얼마나 조심스러운지 마치 슬로비디오 화면처럼 보였다. 할머니께선 무엇을 쓸고 계시는 걸까? 곁을 지나며 보니, 새파란 쓰레받기에 담겨 있는 건 떨어진 목련이었다. 거동이 불편한 탓에 천천히 비질을 하고 계셨는지도 모르지만, 내 눈엔 꽃잎이 다칠까 조심스러워하는 것으로 보였던 그 모습. 목련을 볼 때마다 떠오른다.

나는 이제 산책길을 지나 '피크닉 가든'에 들어선다. 가족들이 자리 펴고 놀기 좋게 나무 그늘이 충만한 이곳을 지날 때면 폴란드의 크라코프공원을 지나는 듯한 느낌이다. 바르샤바에서 만난 폴란드 친구에게 근교에서 가볼 만한 장소를 물었을 때 그가 추천해준 도시, 크라코프. '피크닉 가든'을 지나면 올림픽공원의 핵심부인 낙타 동산에 오르는 길과 만난다. 낙타 동산은 봄이 오면 온통 초록빛 잔디로 가득해서 CF나 드라마 배경으로도 여러 번 등장했더랬다. 어떤 이는 '텔레토비 동산'이라고 부르고, 나는 '낙타 동산'이라고 부른다.

"저녁마다 단체 훈련으로 달리기를 하는데 낙타 동산을 지나갈 때가 제일 힘들어요. 낙타 동산요? 아, 잔디가 넓게 깔린 언덕 있잖아요. 그 언덕이 멀리서 보면 낙타 등처럼 생겼다고 해서 우린 다들 낙타 동산이라고 불러요."

낙타 동산은 2000년 시드니올림픽 태권도 금메달리스트였던 정재은 선수가 가르쳐준 명칭이다.

두 다리로 걷지 않았더라면 어쩌면 떠올리지도 못했을 사람들, 기억들, 생각들이 걸음의 속도에 실려 온다. 이제 나는 스포츠센터 앞의 호수를 내려다본다. 호수에는 '날갯짓'이란

작품이 둥둥 떠 있다. 17개의 부표들은 사슬로 호수 바닥에 연결되어 있고, 각 부표 밑에는 추가 달려 있어 수면이 조금만 출렁여도 기울어지기도 하고 흔들리기도 한다. 부표 위에는 한 쌍의 가벼운 날개가 달려 있어 미풍에도 위아래, 또는 좌우로 회전하는 모습이 무척 아름답다. 돛을 펼치고 있는 요트들의 행렬을 연상하면 될 것이다. 겨울엔 수심이 낮아지고 바람도 불지 않아 날개들이 전혀 미동을 하지 않는다. 호수에 물이 흥건하고 바람이 시원하게 불어오는 봄이 오면 17개의 부표들은 무정형의 음표가 되어 '날갯짓'을 할 것이다, 파닥파닥.

경륜장을 지나 달걀 모양의 넓은 잔디 마당을 가로지른다. 달걀의 테두리를 따라 조각품들이 전시되어 있는데, 어! 저런 게 있었나? 싶어 놀란다. 올림픽공원을 수십, 아니 수백 번 다녀도 새로 들여놓은 것처럼 새로워 보이는 작품이 늘 있다. 작품 제목과 설명을 읽어 보면 이미 오래전부터 있었던 작품들이다. 그때그때 기분이나 계절에 따라 눈에 띄는 작품이 달라질 뿐. 겨울의 끝, 봄의 첫머리에서 나는 땅 속에서 불쑥불쑥 솟아오른 상상 속 동물의 머리를 바라본다. 마치 대지의 거대한 새순처럼 돋아 있는 '용의 공간'.

올림픽공원 한 바퀴를 도는 데는 보통 1시간이 걸린다.

어느새 해가 다 졌다. 길을 내려와 남2문과 남4문 사이 소마 갤러리 주차장으로 난 사잇문으로 공원을 빠져나온다. 가로수를 올려다본다. 머지않아 잎눈과 꽃눈들이 대지 위[陸上]로 불쑥 불쑥 고개 내밀면 푸르른 육상경기가 시작될 것이다. 위도에 따라 선두 그룹과 후미 그룹으로 나누고, 각자 개성에 따라 단거리 주자와 장거리 주자로 나눈 후, 심판은 늘 푸른 사철나무. 준비, 차렷! 땅!

# 17
# 다른 삶을 꿈꾸는 실험실

《진보와 빈곤》과 예수원

태백의 예수원은 기독교인이 아니더라도
침묵과 기도의 시간을 갖고 오기에 좋은 곳이다.

나는 성경을 늘 가까이에 두고 읽는다. 그 중에서도 시편과 전도서를 좋아하고 요한, 누가, 마태, 마가복음에서 예수가 하신 말씀들은 마치 한 편의 시 같아서 암송하곤 한다. 그러나 교회에 다니지는 않는다. 그러니 난 신자는 아닌 셈이다. 그런 내가 기독교인들의 기도처이자 공동체인 예수원을 방문하게 된 건 엉뚱하지만 '크리스티아니아(Christiania)' 때문이었다. 어느 날 아침 신문을 읽다가 〈덴마크 히피마을 사라진다〉라는 짤막한 기사를 읽게 되었다.

덴마크 사회에서 관용의 상징이었던 코펜하겐의 히피 마을이 없어질 위기에 놓였다. 미국 일간 크리스천 사이언스 모니터(CSM) 인터넷판은 17일 최근 몇 년간 보수화된 덴마크 정부가 히피들의 천국이었던 크리스티아니아 구역에 대한 관용을 포기했다면서 이같이 전했다.

신문은 "정상화라는 명목으로 취해진 조치에 따라 약 1천 명이 사는 자치공동체가 마침내 해체될 운명이 됐다"고 소개했다.

크리스티아니아는 1971년 국가의 공권력이 최소한만 미치는 자유지역으로 만들어져 그동안 마약과 개방적인 성문화가 합법적으로 지켜지던 탈주의 장소로 여겨졌다.

- 연합뉴스

'탈주의 장소'로 여겨졌다고 보도하고 있지만 그건 크리스티아니아를 해체하고 싶은 덴마크 정부의 입장일 뿐이다. 자유마을(Free Town)이라 불리는 크리스티아니아는 1971년 히피들과 예술가들이 덴마크 코펜하겐의 버려진 군용지에 정착하면서 형성된 히피 마을로서 기존 질서에 얽매이지 않은 채 자유로운 삶을 추구하는 사람들이 모여 자연스레 형성된 공동체이다. 이곳에 거주하는 히피와 예술가들은 '인간은 법이 아니라

상식에 기초한 직접민주주의를 통해 스스로의 삶을 꾸려나갈 수 있다' 는 이상을 현실 세계에서 구현하는 실험을 해왔다. 그래서 인류학자 이르마 클라우센은 '자본주의 사회 한복판에서 벌어지고 있는 기적 같은 실험' 이라 평했다. 덴마크 정부는 아파트 단지를 짓기 위해 크리스티아니아를 철거하기로 했다는 것이다. 크리스티아니아가 머지않아 사라진다는 소식을 듣고 나는 우울해졌다. 한편 호기심도 생겼다. 비록 남한 사회를 자본주의 사회라고 일컫지만 그 틀을 벗어난 사람이 있듯, 이 땅에도 또 다른 삶, 또 다른 사회를 꿈꾸는 실험실이 있지 않을까? 인터넷에서 '공동체' 를 검색해 보았다. 어떤 공동체는 여러 매체를 통해 익히 들어본 이름이었고, 어떤 공동체는 전혀 들어본 적이 없는 곳이었고, 어떤 공동체는 해체되어 가고 있는 듯했고, 어떤 공동체는 여전히 활발하게 운영되고 있었다. 전국 곳곳에서 다양한 실험들이 이뤄지고 있구나. 그러다 중세 수도원 같은 예수원의 모습을 찍은 사진과 마주치는 순간 마음이 동했다. 예수원 홈페이지에 바로 접속해 전화를 걸었다.

방문하기 일주일 전 사전 예약이 필요했다. 방문 기간은 2박 3일이 기본. 준비물은 세면도구와 운동화, 기도시간에 필요한 성경, 그리고 휴대폰을 사용할 수 없으므로 손목시계가 필요했다. 전화로 방문 신청을 했을 때 이름, 전화번호와 함께 다니는 교회를 물었다. 가톨릭 성경, 개신교 성경, 영어 성경까지 세 권의 성경을 곁에 두고 읽고 있지만 나는 비신자였으니 다니는 교회나 성당이 있을 리가 없었다. 그러나 비신자라고 해서 거절을 당하지는 않았다. 예수원은 비신자든, 신자든, 타종교인이든 모두에게 열려 있었다. 짧은 치마, 민소매, 운동복 등 노출이 심하거나 몸에 달라붙는 옷을 입고 다니지만 않는다면.

태백 하사미 분교 앞에 이르자 '예수원' 이정표가 나타났다. 오솔길의 끝에 있는 커다란 돌비석이 나를 맞이했다. 이렇게 씌어 있었다. '토지는 하나님의 것이라(레위기 25:23)' 산비탈을 따라 늘어선 건물들, 돌로 외벽을 쌓고 갈대를 엮어 만든 지붕이 마치 중세 유럽의 어느 마을로 들어선 것만 같았다. 간단한 신상을 적고 손님부 담당자의 뒤를 따라 방문자 숙소로 올라갔다. 다다미가 깔려 있는 방 안에는 열 명가량의 방문객이 먼저 자리를 잡고 있었다.

나는 2박 3일간 그곳에서 지냈다. 하루 세 번 다 함께 식사와 기도를 하고, 침묵 시간엔 오솔길을 따라 숲을 거닐었다. 산책에서 돌아오면 벽난로가 있는 도서관에서 《진보와 빈곤》을 읽었다. 예수원에서 이뤄지는 실험의 토대는 성경과 헨리 조

지의 《진보와 빈곤》이었기 때문이다.

헨리 조지는 과학기술의 발전으로 부는 쌓이고 사회는 진보하는데 인간의 삶은 왜 더 빈곤해지는가 하는 문제에 대해 고민했던 19세기 미국의 사상가이다. 그는 빈곤의 가장 큰 원인이 토지사유제에 있다고 여겼다. 전 국민이 낸 세금으로 건설되는 철도, 도로, 항만 등 사회 기반 시설의 확충으로 세상은 더욱 발전하지만 그로 인한 토지 가격 상승의 혜택은 땅을 가진 자들이 독차지한다는 것이다(현재 대한민국의 경우 상위 1% 인구가 전체 토지의 57%, 상위 10%가 전체 토지의 77%를 소유하고 있는데 토지가격 상승에 가장 큰 영향을 미치는 사회간접자본 개발비는 토지를 갖지 않은 사람들을 포함 전 국민으로부터 걷어 들인 세금으로 마련하고 있다.)

　우리나라에선 널리 알려지지 않았지만《진보와 빈곤》은 출간 당시 세계적인 베스트셀러(헨리 조지는 인세를 받지 않았기 때문에 평생 가난하게 살았다)로 러시아의 문호 톨스토이에게까지 영향을 미쳤다.《부활》의 주인공 네플류도프가 땅을 농민들에게 나눠줄 때 그는 모든 사람은 토지에 대해 평등한 권리가 있으며 토지를 공평하게 나눌 수 있는 최선의 방안은 헨리 조지가 제시한 지대공유제라고 말한다. 아마도 대지주 네플류도프는 톨스토이의 페르소나였을 것이다. 귀족 출신의 톨스토이는 그런 자신의 신념을 반대하는 가족들과의 불화로 집을 떠나 방랑하다가 82세의 나이에 기차역에서 숨을 거뒀다. 죽기 며칠 전 그는 모스크바역에서 그를 알아보는 사람들 앞에서 혼신의 힘을 다해 러시아가 나아가야 할 길에 관해 역설했는데 그 주장의 핵심은 헨리 조지가《진보와 빈곤》에서 제시한 길이었다.


　매일 아침 종소리에 맞춰 눈을 뜨고 세수를 하고 기도실로 내려가 다 함께 아침식사를 하고, 기도를 드렸다. 오전 중에 방문자들은 희망에 따라 노동 시간을 가질 수도 있고, 조용히 묵상 시간을 가질 수도 있다. 아이들은 예수원 주위에 난 잡초를 뽑고, 여자들은 산자락에서 따온 나물을 삶고, 사내들은 작업장에 앉아 십자가 목걸이를 만들었다. 다름나무 가지는 속이 뽀얗고 겉은 짙은 갈색이라서 예쁜 십자가 목걸이를 만들 수 있다. 예수원에 들어온지 10년이 다 되어 간다는 이의 빠른 손놀림을 지켜보며 이야기를 나눴다. 100퍼센트 자급자족이 이뤄지지는 않는다고 했다. 한 70퍼센트 정도 될까요? 나머지는 신에게 맡긴다고 했다. 개인용 컴퓨터는 사용하지 않고 손님부에 있는 공동 컴퓨터를 이용해서 인터넷을 한다고 했다. TV를 보는 대신 주말에 함께 영화를 보거나 책을 읽는다고 했다. 그의 눈빛은 맑았고 미소는 환했다. 찬송가를 들으며 흥겹게 노동을 하는 모습이 보기 좋았다.

예수원에선 점심식사 뒤에 중보기도를 했다. 그들이 신에게 드리는 기도 내용은 수능 합격, 사업 번창 등 자신과 가족의 안위에 대한 것이 아니었다. 먼 나라에서 일어난 자연재해로 불행을 겪고 있는 사람들, 용산에서 죽은 이들과 그 가족들을 위해, 한국의 현 정치·경제 상황에서 벌어지고 있는 사건과 사고로 인해 불행을 겪는 사람들을 위해서였다. 기도 내용은 무척 구체적이었다. 자신이 아닌 타인들, 심지어 예수를 믿지 않는 이들의 고통까지 덜어달라고 기도를 하고 있었다. 나는 하나님이 그 기도를 모두 들어줄지는 알 수 없었다. 그러나 한 가지는 알 수 있었다. 비록 예수원 공동체 사람들이 외진 데서 살고 있지만 현실과 동떨어진 세계에서 살고 있는 것은 아님을. 어쩌면 현실과 동떨어진 세계에서 살고 있는 건 방송·신문을 통해 매일같이 뉴스를 접하지만 자신의 생활에 바빠 이웃의 고통을 남의 일처럼 여기며 사는 우리가 아닐까?

2박 3일을 보내고 나오는 길, 물음표 하나가 따라왔다.

# 18

# 만물에 관한 책으로 이루어진 계단

《거의 모든 것에 관한 거의 아무것도 아닌 이야기》와 고성군 공룡발자국 화석지

갠지스 강변의 가트 같은
경남 고성군 해동면 장좌리 공룡발자국 화석지 돌계단에 앉아.

그곳을 처음 보았을 땐 정말 인도 바라나시의 가트에 다시 온 것만 같았다.

거제도에서 이틀을 보내고 섬을 빠져나와 경남 고성군을 지나가는 77번 국도에서 '공룡발자국 화석지' 이정표를 지나가는 순간, 샛길에서 뿜어져 나오는 어떤 강렬한 냄새(나는 이것을 로드 페로몬이라고 부른다)가 나를 끌어당겼다. 급히 핸들을 꺾었다. 좁은 임도는 바다로 이어졌다. 샛길의 끝, 선착장에 차를 세우고 공룡발자국 화석지 이정표가 가리키는 대로 언덕을 넘었다. 조수 간만, 파도, 바람에 의한 침식작용으로 깎여나간 해변의 바위가 계단처럼 층계를 이루고 있었다.

남해안에도 이런 곳이 있었던가? 풍경에 넋을 잃은 채 앞만 보며 걷다가 문득 고개를 숙였더니, 헉! 고라니 한 마리가 죽어 있다. 박제된 동물마냥, 네 다리를 뻣뻣하게 뻗은 채 눈 부릅뜨고 있는 고라니. 죽은 지 며칠이나 지났을까. 눈에 띄는 상처도 없고 차도에서 멀리 떨어진 물가였으니 로드 킬은 아니었으리라. 밀물에 이끌려온 그물, 스티로폼, 판자 조각, 페트병과 음료수캔이 뒹구는 물가의 시체. 문득 갠지스 강변의 화장터 풍경이 떠올랐다.

적막한 풍경 속으로 사람들 소리가 들렸다. 중년 남녀가 내 뒤를 따라오고 있었다. 그들에게 소리쳤다. "이쪽으로 오지 마시고 저쪽으로 둘러가세요, 이 아래 고라니 사체가 있어요." 돌아서는데 여자의 외마디 비명이 들렸다. "엄마야!" 미리 알려주지 않았더라면 그 자리에서 심장마비로 죽고도 남을 법한 비명이었다. 길을 걸었다. 모래톱에서 올려다볼 때는 몰랐는데 막상 올라서서 보니, 정말 낯설고 야릇한 풍경이었다.

마치 해안선을 따라 수만 권의 책을 쌓아 놓은 것 같기도 하고, 책으로 계단을 만들어 놓은 것 같기도 했다. 변산반도의 채석강을 닮았는데 더 길고, 대신 더 낮았다. 나는 자연스레 형성된 책, 아니 돌계단이 굽이를 이루며 사라지는 지점을 가늠한 뒤 장구한 세월이 만들어 놓은 계단 위에 가만히 앉아 담배 한 개비를 물었다, 인도 바라나시의 돌계단에서 그랬던 것처럼. 파도가 한 번 치고, 발아래 움푹움푹 파인 자국들 위로 바닷물이 고였다. 아하, 저게 공룡 발자국 화석이구나. 잠시 머물던 시선이 먼 바다를 건넜다. 가물가물 아득한 거리에 조선소 크레인이 우뚝 서 있었다. 그 순간 내 머릿속에서 광막한 시간이 지나가기 시작했다. 태초, 빅뱅, 공룡의 시대, 인류의 등장, 기계의 등장, 그리고 현재.

그런 소설이 있다. 태초부터 현재까지, 원시 수프부터 만물에 이르기까지 '거의 모든 것에 관한 거의 아무것도 아닌 이야기'를 다룬 소설. 프랑스에서 8주간 베스트셀러 1위였다는 그 책을 두고 국내 독자들은 대체 뭐 이딴 소설이 다 있냐면서 불평을 했다던가. 아마도 그들은 모름지기 소설이라 하면 주인공이 있고, 사건이 있고, 갈등이 있고, 결말이 있어야 한다고 생각했으리라. 물론 이 책으로 인해 프랑스 문단에서도 소설 형식의 파괴에 대한 격렬한 논쟁이 일어났다고 한다.

프랑스 철학자 장 도르메송이 쓴 《거의 모든 것에 관한 거의 아무것도 아닌 이야기》의 주인공은 사람이나 동물이 아니라 우주 그 자체다. 빅뱅으로부터 사랑에 이르기까지, 질소

로부터 베네치아에 이르기까지, 삼총사에서 프로이트에 이르기까지, 혹은 '태초가 어떻게 호모 사피엔스를 상상할 수 있었겠는가?'라는 성찰에 이르기까지 우주의 모든 이야기를 담고 있는 책. 어떤 이는 첫 문장 '만물 이전에는 아무것도 없었다. 그럼, 만물 이후에는 무엇이 있을 것인가?'라는 질문과 접하는 순간 감전이라도 된 듯 몰입할 수도 있고, '제1장—존재'를 다 읽기도 전에 읽던 책을 던져버릴 수도 있으리라. 이건 뭐, 진짜로 거의 아무것도 아닌 이야기잖아! 하고.

　　집에서 우주 그 자체가 주인공인 소설을 읽으며, 다시 경남 고성의 그 풍광 속으로 가고 싶어졌다. 굳이 눈으로 마지막 문장까지 읽지 않더라도 '만물'에 관한 책을 쌓아 놓은 것 같았던 그 돌계단 위에 앉아 있으면 '만물'에 대한 이야기가 무한히 들려올 것 같았다. 만물, 태초, 고독, 시간, 광막한 공간, 장구한 세월, 신, 영혼, 물질, 불, 공기, 물, 사랑……. 그러다 해 지면 일어나야 하리, 이 소설의 마지막 문장 같은 가련함을 머금고.

너희들은 거의 아무것도 알지 못하기 때문에, 존재에 대해서처럼 만물에 대해, 너희들은 결코 아무것도 알 수 없기 때문이다.

# 19

# 우리를 멈추게 하는 시인의 중력

'말랑말랑한 힘' 과 동막해수욕장

그는 강화도 갯벌에서 퍼올린 말랑말랑한 힘으로
비릿하지만 삶의 냄새가 물씬 풍기는 잠언과 끝나지 않은 싸움의 노래를 들려준다.

썰물이 들기 시작하자 갯벌은 길었다. 아니, 갯벌은 길어지고 있었다. 해질 무렵의 바다는 끊임없이 뒷걸음질치고 있었다. 찰랑거리는 물에 발목을 담그고 담배 한 대를 피고 나면 어느새 발밑엔 갯벌만이 남아 있고 바다는 저만치 뒤로 물러나 있었다. 태양의 건너편에서 이미 달이 떠오르고 있었다.

"더 어두워지기 전에 나가자"는 내 말에 모두 뒷걸음질치는 바다를 등지고 해변을 향해 걸었다. 날이 어두워지고 있었으므로 사람들도 하나둘 바다를 등지기 시작했다. 해가 지고 난 이후에도 한동안 바다는 뒷걸음질치는 것을 멈추지 않을 것이다.

해변에는 다른 사람이 버튼을 눌러줘야 물이 나오는 무료 급수장이 있었다. 그곳에 갯벌에서 나온 사람들이 몰려 있었다. 여자 다섯이 종아리를 다 씻고 나서야 우리 차례가 돌아왔다. 달달 떨며 발을 다 씻고 L에게 자리를 넘겨주는데 그가 빙그레 웃는 것을 보고서야 생각이 났다. 해변으로 돌아오기 직전 갯벌의 진흙을 얼굴에 잔뜩 발랐다는 것을. 하마터면 이 꼴로 돌아다닐 뻔했구나. 하하하하, 이런 정신없는 놈 같으니라구! 세수를 하고 머리를 감는 동안 스스로를 구박하며 튀어나오는 헛웃음에 머리통이 시려운 줄도 몰랐다.

편의점에서 캔 맥주를 사서 벤치에 앉아 마셨다. 깡통 하나를 비우고 나자 해는 이미 지고 있었다. 서울 방향에서 차가 계속해서 밀려들었다. 지난번에도 이곳까지만 왔다가 되돌아갔던 터라 좀더 멀리 들어가 보고 싶었다. 시동을 걸고 해안을 따라 북쪽으로 향했다. 해수욕장을 지나 언덕을 넘자 동막마을이 나왔는데, 어느 교회를 지나는 순간 나를 끌어당기는 어떤 중력을 느껴 무심결에 차를 멈추고 말았다. 그 장소의 무엇인가가 발을 움직여 브레이크 페달을 밟게 했던 것이다. 그건 맹세컨대 저절로 이루어진 일이었다. 옆자리의 동행이 의아해했다. "왜 그래?" "뒤에 차들이 따라와!" 뒤따라오는 차들의 헤드라이트 불빛이 눈에 들어왔다. 차는 다시 출발해야 했다.

강화도에서 돌아오고 나서야 알게 되었다, 동막교회 바로 아래에 함민복 시인의 집이 있다는 것을. 나는 시인이 가진 그 어떤 중력이 나를 멈추게 한 것이라고 생각했다. 그는 《우울 씨의 일일》, 《자본주의의 약속》과 같은 시집에서 도시 중심의 삶, 자본주의 질서, 서울, 돈, 상품, 성, 대중매체, 광고, 이런 것들에 깃들어 있는 저열함에 야유를 퍼부어 왔다. 그의 시는 신랄했으며 때에 따라 외설적이기도 했다. 그러나 그의 싯귀는 날카로운 선언이나 깊은 잠언으로 떠올랐다.

뻘에 말뚝을 박으려면
긴 정치망 말이나 김 말도
짧은 새우 그물 말이나 큰 말 잡아줄 호롱 말도
말뚝을 잡고 손으로 또는 발로
좌우로 또는 앞뒤로 흔들어야 한다
힘으로 내리 박는 것이 아니라
흔들다 보면 뻘이 물러지고 물기에 젖어
뻘이 말뚝을 품어 제 몸으로 빨아들일 때까지
좌우로 또는 앞뒤로 열심히 흔들어야 한다
뻘이 말뚝을 빨아들여 점점 빨리 깊이 빨아주어
정말 외설스럽다는 느낌이 올 때까지

혼들어주어야 한다
수평이 수직을 세워
그물 가지를 걸고
물고기 열매를 주렁주렁 매달 상상을 하며
좌우로 또는 앞뒤로
흔들며 지그시 눌러주기만 하면 된다

— 함민복의 〈뻘에 말뚝 박는 법〉

서울 달동네와 친구의 자취방을 떠돌다 우연히 놀러 왔던 마니산이 너무 좋아 보증금 없이 월세 10만 원짜리 폐가를 빌려 동막리에 둥지를 틀었다는 그는 강화도 갯벌에서 퍼올린 말랑말랑한 힘으로 야유와 외설의 높낮이를 조절하며 비릿하지만 삶의 냄새가 물씬 풍기는 잠언과 끝나지 않은 싸움의 노래를 들려주고 있었다. 신문지를 깔고 정치, 사회, 스포츠면을 바라보며 소금 푼 라면을 먹던 그에게 '좌우와 앞뒤', '수평과 수직'의 문제는 벗어 던질 수 없는 카르마였으리라. 그래, 나를 멈추게 한 것은 결코 꺾이지 않을 말랑말랑한 시인의 중력이었으리라.

차는 다시 오르막과 내리막을 번갈아가며 좁은 도로를

달렸다. 흐린 하늘에 헤드라이트가 비추는 길과 드문드문 서
있는 마을의 불빛들과 축 낮은 노란 가로등이 눈에 들어오는
것의 전부인 풍경 위로 노아 도리의 노래가 낮게 깔렸다.

미루 돈대와 뒤꾸지 돈대를 지나자 곧 장곶이었다. 가는 길에 마땅히 차를 세울 곳도, 서해 바람을 맞으며 한적하게 술을 마실 수 있는 곳도 찾을 수 없었다. 장곶에서 조금 더 가면 길이 끝난다. 바닷길도 머지 않아 끝날 시간이다. 그렇다고 이 시간에 석모도까지 들어갈 수 있는 배가 남아 있을 리는 없을 터. 우리는 차를 돌렸다. 이젠 L이 차를 몰았다. 음악의 높낮이와 길의 높낮이, 그 오름과 내림이 일치할 때면 그 절묘함에 탄복해 웃음이 나왔다.

어느새 동막해수욕장 앞 무료 주차장은 도시에서 들어온 차들로 가득 차 있었다. 소음과 불빛 때문에 지난번 제부도 여행처럼 바다를 향해 차를 세우고 잠들기는 어려울 듯했다. L과의 여행은 언제나 '새벽까지의 술' 과 '바다 쪽으로 세워둔 차 안에서의 잠' 과 '아침 귀가' 라는 순서를 따랐다. 동막해수욕장을 지나 처음에 차를 세웠던 본오리 돈대 앞 포구에 차를 세웠다. 캄캄한 하늘이 차 안으로 그대로 밀려 들었다. 부표처럼 오르내리던 어선들은 물이 빠져나간 갯벌에 고개를 처박고 잠들어 있었다.

가까운 곳에 천막을 치고 야외 테이블을 놓은 횟집이 있었다. 광어와 소주를 시켜 술을 마셨고 도시에서 미처 다하지 못한 얘기들을 나누었다. 보길도의 J형에 대한 얘기, 가난하게 살고자 하는 그의 욕망, TV 프로그램에 등장한 재벌의 성공담을 직원들의 업무 독촉에 활용하는 사장에 대해서 나는 적어도 20세기 한국에서 물질적 성공을 이룬 자들의 성공담은 인정할수 없다고 말했다.

그들은 제3, 제4, 제5공화국을 거치는 과정에서 통합이란 명목하에 정부가 부정하게 걷어들인 부를 재분배받은 자들이었다. 그리고 그들은 다시 정부에 봉사했다, 부정하게 불린 돈을 다시 바침으로써. 그렇게 정권은 계속되었다. 그리고 페어플레이를 통한 경쟁이 아닌 반칙을 통한 통합으로 일궈진 그들의 성공담은 대필 작가들을 통해 화려하게 포장되었고 포장된 그들의 삶은 진실이 되어 일하는 자들의 목을 졸랐다. 나는 책임질 필요가 없었던 20세기의 악을 비난했지만, 그러나 21세기의 선악과 역사는 이제 우리들의 책임이라고 말했다.

정치인들의 행태가 어쩌네, 교육 기회의 평등이 어쩌네, 천민자본주의가 어쩌네, 가난한 이웃들의 삶이 어쩌네, 정의가, 진보가 어쩌네, 라고 떠들다가도 뒤돌아서면 금세 자신의 아내 혹은 남편과 함께 이민을 고려하거나 몇 배는 오르리라 기대하는 아파트 청약권과 다른 아이들에게 뒤쳐지지 않을 자기 아이

의 교육 기회에 안달하는 먹물 친구들을 향해 나는 차가운 웃음
과 함께 말을 내뱉었다. 가끔은, 내 친구는 니네들보다 정치고
경제고 사회를 더 잘 알지도 못하고 더 많이 가
지지도 않았지만 주말에 짬을 내 도움이 필요
한 사람들을 위해 봉사하러 간다, 니네들은 가
격이 오를 아파트를 사고, 니네 아이들이 다른
아이들보다 더 나은 교육 기회를 얻고, 선진국
으로 이민 갈 정도로 벌고 나면 그때서야 니네
들이 떠들어 댄 정의와 사회봉사를 실천할 거
냐고 물었다. L은 비열한 먹물들 앞에 선 나의
방패였다.

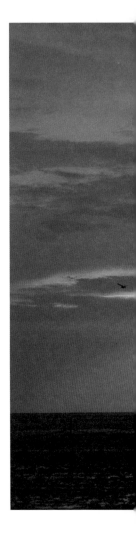

　　"내일, 임시아동보호소에 자원봉사 나가
　　야 하니까 일찍 자야 돼. R, 같이 갈래?"
　　"그래, 같이 가자. 8시에 일어나면 A시엔
　　10시까지 도착할 수 있을 거야."

　　우리는 남은 잔을 비우고 일어나 그날도
여전히 바다를 향해 세운 차에서 잠이 들었다.
곧 밀물이 들리라.

# 20
# 아웃 오브 서울 1

《시계들의 푸른 명상》과 괴골마을

대체 뭐가 괴상하기에 마을 이름이 괴골이란 말인가?
확인해 보려고 핸들을 돌렸다.

동경(憧憬)이란 하고 싶은 바를 행동으로 옮기지 않는 자들이 스스로를 변명하기 위해 만들어낸 단어가 아닐까? 미니홈피, 블로그 등 1인 미디어 시대가 도래한 이래 가장 많이 보게 되는 단어 가운데 하나가 '싶다'라는 보조형용사다. 저도 읽고 싶네요, 저도 보고 싶네요, 저도 먹고 싶네요, 저도 가고 싶네요. 다종다양한 '싶다'들이 미니홈피, 블로그 코멘트 난에 포도송이처럼 매달린다. 그러나 수많은 '싶다'들의 향방을 살펴보면 '실행'으로 진화하지 못하고 서서히 혹은 곧 사멸하는 것을 알 수 있다. 그중에 생존율이 가장 낮은 '싶다'는 '떠나고 싶다'이다. 비록 그 생각이 살아 움직이는 생물체는 아닐지라도 사멸한다는 것은 슬픈 일이 아닐 수 없다. '싶다'가 실행으로 진화하지 못하는 데는 여러가지 정치 · 경제 · 문화 · 사회적 배경이 존재하겠지만—실행 단계로 넘어서는 게 힘겨운 사람들을 위해—이 문제에 대해 깊이 생각했던 선사(禪師)가 남겨준 묘약 몇 방울을 드리겠다. 많이도 필요 없다. 딱 여덟 방울이면 충분하다. 똑. 똑. 똑. 똑. 똑. 똑. 똑. 똑.

즉.시.현.금. 갱.무.시.절.(卽是現今 更無時節). 바로 지금, 다시 시절은 없다.

얼마 전 나는 TV 다큐멘터리를 보다가 말 타고 몽골 초원을 달려가는 유목민을 목격했다. 끝없이 펼쳐지는 평원에서 지평선을 향해 말을 달리며 여행하는 것은 기막힌 기분일 거야. 나는 〈아웃 오브 아프리카〉의 데니스처럼 소리쳤다. It must be feel amazing! 근데 나는 말이라곤 타본 적이 없다, 흠흠.

"여보세요, R입니다. 일하는 동안 말 타는 것도 배울 수 있나요?"

승마목장은 제주도 중산간의 해발 600미터에 자리 잡고 있다고 했다. 일출부터 일몰까지 뙤약볕 내리쬐는 들판에서 하루 20~30킬로미터를 걷거나 달려야 하는 12~13시간의 육체노동, 대한민국 최저임금. 하지만 말들과 어울려 지낼 수 있다는데! 일주일 뒤 내려갈게요.

서울에서 제주도에 이르는 가장 단순하고 빠른 길은 김포공항에서 비행기를 타고 제주공항에 내리는 항로. 그러나 육지를 떠나기 전 내륙의 길들이 뿜어내는 로드 페로몬(Road Pheromone)을 한껏 들이마신 뒤 부산항에서 제주도로 건너가는 것도 나쁘지 않을 듯했다. 그렇게 하여 〈아웃 오브 서울 Out of Seoul〉은 시작되었다. 이번 주 수요일쯤 출발하는 게 어때? 직장을 관두고 귀농 준비 중인 K도, 나 홀로 음반사를 운영 중인 L형도 흔쾌히 승낙을 했다. 이렇게 세 사람이 제주를 향했다.

서울을 떠나던 날, 구름이 스카이라인을 뭉개버릴 기세로 정말 뭉게뭉게 피어오르고 있었다. 검은 양복 차림의 스미스(영화 〈매트릭스〉에서 무한 복제된 스미스는 대도시에서 검은 양복을 입고 거리를 오가는 직장인들을 연상시킨다. 차이점은 영화 속의 스미스는 스스로 복제하지만 현실의 스미스는 시스템에 의해 복제된다는 것이다.)는 구름이 자신의 머리 위에서 바람을 따라 틀[形]을 변화시켜가며 흘러가고 있다는 것을 미처 알아채지 못한 채 컴퓨터 모니터를 들여다보고 있거나, 복사기 앞에 서 있거나, 계단으로 연결된 비상구 한구석에서 담배를 태우고 있었을 것이다. 푸른 하늘에서 일고 있는 흰 구름처럼 그의 머릿속에선 새로 구입한 자동차 할부금과 아파트 융자금, 결제 받을 서류들에 대한 생각이 뭉게뭉게 피어오르고 있었는지도 모르겠다.

"자본주의가 요즘 젊은 사람들을 스미스로 만들기 위해 가장 잘 활용하고 있는 게 뭐라고 생각해?"

"글쎄, 넌 뭐라고 생각하는데?"

"자동차 광고. 이국의 광활한 사막과 깎아지른 해안도로를 질주하는 자동차 CF 말이야. 그것들은 무엇보다 자유를 강조하지. 젊은이들은 자유를 좋아하고. 그러나 자유에 이끌려 그 차를 구입하는 순간 시스템에 발목이 잡혀버려. 젊은이들 대부분은 24개월이나 36개월 할부로 차를 구입하게 되니까. 이게 아니다 싶어서 직장을 관두고 싶어도 이젠 그만둘 수 없어. 할부금을 갚아야 하니까. 그렇게 2~3년 직장 생활을 하다 보면 어느새 아파트 융자니 뭐니 하는 것들이 차례차례 발목을 잡고, 결국 자유가 아니라 시스템을 위해 살게 되는 거야."

모든 선택은 스미스의 선택이다. 어쩔 수 없는 선택이란 애초에 존재하지 않았다. 지금 이 순간 자신의 생사(生死)를 선택할 수 있듯이, 삶이라는 길 위에서 모든 선택은 자신이 하는 것이니까. R, 여기서 88번 지방도로 빠지자. 얼마 전 스미스의 세계에서 탈출해 귀농을 준비 중인 K가 보조석에서 소리쳤다.

원주를 지나 신림 톨게이트에서 중부고속도로를 빠져나가자 초록의 샛길이 펼쳐졌다. 88번 지방도는 강원도 영월의 황둔천을 끼고 굽이굽이 틀며 서쪽으로 이어지다가 주천을 만난다. 술 주(酒)에 내 천(川). 오랜 옛날 술이 샘솟는 우물이 하나 있었는데, 양반이 마시면 청주가 되고 천민이 마시면 탁주가 되었다지. 그러나 탁주면 또 어떠한가? 이태백은 독작(獨酌)이란 시에서 읊기를, 청주는 성인(聖人)에 비유되고 탁주는 현인(賢人)과 같다고 했으니. 신분이야 천민이되 마음이 현인이면 그뿐.

天若不愛酒 酒星不在天 하늘이 만약 술을 사랑하지 않았으면, 주성이 하늘에 있지 않았으리라.
地若不愛酒 地應無酒泉 땅이 만약 술을 사랑하지 않았으면, 땅에 주천이 없어야 하리라.

이태백이 강원도 영월군의 술빛고을, 주천을 두고 이 시를 읊은 것은 아니었겠지만 영월은 청주든 탁주든 술을 사랑하게 할 만큼 아름다운 지방이다. 김삿갓계곡, 청령포, 고씨동굴, 동강과 서강. 서강의 상류가 주천강이라지. 주천강을 따라서 가고픈 마음에 우리는 지방도를 버리고 주천2교 옆으로 난 비포장길로 들어섰다. 길옆엔 민간 유적발굴단이 하얗고 파란 테두리 선을 그어놓고 철기시대의 유물을 발굴 중이었다. 부디 피와 비명이 묻은 창이니 칼, 방패 따위보다는 술과 웃음이 묻은 잔이나 접시들이 더 많이 발굴되기를! 실핏줄처럼 이어지는 길을 시속 20킬로미터로 슬금슬금 내려가는 사이 보조석에 앉은 K도, 뒷좌석에 앉은 L형도 주천강변의 풍광에 취해 가고 있었다. 어쩌면 주천읍에 잠시 들러서 산 캔 맥주에 취해 가고 있었는지도 모르지. 다시 길은 88번 지방도로 이어지고, 곧 '상어주유소'를 만났다. 민물고기인 숭어나 은어도 아닌 상어가 이 주유소의 이름이 된 까닭이 대체 뭘까? 혹시 주유소 주인이 스티븐 스필버그 마니아? '상어주유소'를 지나며 길의 꼬리는 좌우로 휠뿐만 아니라 낙차 큰 커브를 그리며 높낮이로 꿈틀거렸다. 그리고 펼쳐지는 평창강의 절경들. 강은 모래톱을 일궈내며 굽이치고, 깎아지른 절벽은 초록의 옷을 벗어던지며 강과 만나 하얀 발목을 내밀고.

청령포를 지나 괴골마을에 들어선 것은 뜻하지 않은 일이었다. '한반도 지형 선암마을' 이정표가 있기에 따라가다가 만난 이상야릇한 지명. 괴골마을. 대체 뭐가 괴상하기에 마을 이름이 괴골이란 말인가? 핸들을 돌렸다. 확인해 보자! 내리막 길의 끝은 가옥들이 옹기종기 모여 있는 괴골마을 중심부를 지나 강에 닿아 있었다. 그리고 마주친 괴이한 형상의 동굴. 강의 맞은편에 보이는 움푹 들어간 두 개의 동굴은 마치 거인의 눈동자처럼 보였다. 그래선지 땅에서 솟아오르려던 거인이 머리만 내놓고 있는 것 같은 느낌이었다.

"이건 뭐 미야자키 하야오의 애니메이션 속 풍경이잖아!"

K도, L형도, 나도 현실 속에 등장한 애니메이션 같은 풍경 앞에서 멈칫했다. 우리는 동굴을 마주보며 강기슭을 따라 아래로 내려갔다. 강변에는 엉뚱하게도 뻐꾸기시계 하나가 12시를 가리키며 기슭에 묻혀 있었다. 시계는 어디서 떠내려 온 것일까, 아니면 누가 이곳에 두고 간 것일까? 시간이 멈추던 순간엔 무슨 일이 있었던 것일까? 시곗바늘이 가리키는 12시는 정오일까 자정일까? 초현실주의 그림 속 풍경을 연상시키는 시계는 왠지 내가 오랜 세월을 두고 꿈꾸어 온 시계가 내 여행길

의 한 지점에서 구체적인 형상을 갖고 나타난 것 같았다.

너무나 오랜 세월을 두고 나는
시계 하나를 꿈꾸어 왔다,
두 개 또는 세 개의 바늘을 가진 시계를.
뱀의 춤과 같은 시계, 늙은 제재소집 주인의 생일날
밤 그 어둠과 같은 시계,
유족 없는 죽음과 같은 시계, 마리안느의 젖꼭지와
같은 시계를.

나는 생각한다,
나에게 하나의 시계를 꿈꿀 권리가 있다고,
두 개 또는 세 개의 바늘을 가진 시계를.
세상 사람들이 한 마리 개구리를 꿈꾸듯이,
네 다리를 가진 개구리를 꿈꾸듯이.

옛날에는 나도 사실은
다른 것들을 꿈꾸었다.
시큼한 것이나 푸른 것들을.
그러나 어느 날 나는 결정했다,

하나의 시계를 꿈꾸기로.

너무나 오랜 세월을 두고 나는
시계 하나를 꿈꾸어 왔다,
두 개 또는 세 개의 바늘을 가진 시계를.
스스로 타고 있는 생담배와 같은 시계, 문방구집 마
누라의
바람기와 같은 시계, 모음 조화와 같은 시계, 차가
운 달과 같은 시계……
언젠가는 나를 죽일 시계를.

– 하일지의 〈내 꿈 속의 시계〉

　　《경마장 가는 길》,《경마장은 네거리에서》,《경마장을 위
하여》,《경마장의 오리나무》,《경마장에서 생긴 일》로 이어지
는 '경마장 시리즈'로 유명한 하일지. 소설가로 알려진 그가 쓴
첫 번째 시집《시계들의 푸른 명상》. 그는 1993년 가을 아이오
와 국제 창작프로그램에 참가하여 3개월간의 짧은 체류기간 동
안 그 시들을 썼다지. 그의 시집은 이제는 절판되어 도서관이
아니면 좀처럼 찾기 힘들다.《시계들의 푸른 명상》에 수록된 첫
번째 시 〈내 꿈 속의 시계〉가 자꾸만 떠올랐다. 푸른 강물이 시

계를 적시며 흘러갔다. 반짝이는 햇살이 빗금의 각도를 기울이며 강물 위에 꽂혔다. 되돌아 나오는 길, 마을 어귀의 평상에 앉은 노인들을 만났다.

"이 마을 이름이 왜 괴골이죠? 괴상할 괴(怪)자를 쓰는 것인가요?"
"아뇨, 느티나무 괴(槐)랍니다."

# 21
# 아웃 오브 서울 2

〈아득한 성자〉와 미인폭포

춤추세, 보세, 하세,
하나같이 청유형 종결어미로 끝나는 문장들을 읽고 있으려니 웃음이 터져 나왔다.

'여기에 들어오는 모든 이에게 평화.' 우리가 그날 잠든 장소에는 분명 그렇게 쓴 팻말이 있었다. 만약 그런 서각(書刻)이 새겨져 있지 않았더라면 빈집(?)을 무단 침입하여 하룻밤을 지낼 생각 따위는 하지 않았을 것이다. 괴골마을을 빠져나와 31번 국도를 따라 수라리재를 넘어, 강원도 영월군 중동을 지나친 것은 해가 다 질 무렵이었다. 샛길로 들어서 잠자리로 삼을 장소를 찾아야 할 시간. 옥동천 상류에 난 다리 하나를 건너자 산비탈 아래 민가가 몇 채 나타났지만 사람은 보이지 않았다. 외길을 따라 꽁무니를 보이며 도망가는 수탉들과 음매음매 울어대는 소들과 짖어대는 개들뿐. 그나마 불청객으로 인한 한동안의 소란도 막다른 골목 끝에 있는 폐교 운동장으로 들어서자 잠

잠해졌다. 계세요? 학교와 학교에 딸린 가옥의 모든 문과 창문
은 잠겨 있었다. 그렇다 해서 주인 없는 곳은 아닌 듯 운동장에
는 하얀 조약돌이 깔렸고, 화단에는 꽃이 가득하고, 곳곳에 세
간들이 놓여 있었다. 그때만 해도 주인 없는 곳에서 잠들 생각
은 하지 않았다. 어쩌나, 다른 장소를 찾아봐야 하나? 그때 우리
의 고단함을 한 방에 날려주던 문장—여기 들어오는 모든 이에
게 평화.

　　우리는 주인의 배려대로 평화롭게 하룻밤을 보내기로 했
다. 그래서 평화롭게 저녁밥을 짓고, 평화롭게 참치김치찌개를
끓인 후, 정말 평화롭게 술판을 벌였다. 형광등 불빛 대신 세 개
의 양초만이 어둠을 밝히는, 거룩하다고는 할 수 없지만 나름
고요한 밤이었다. 반주 몇 잔을 돌린 후 우리는 강원도 산골에
서 평화롭게 잠들었다. 나도 그랬고, 아마 L형도 그랬을 것이다.
그러나 K만은 평화롭게 잠들 수 없었다 한다. 잠든 사이 주인이
나타나 침낭을 들추고 "남의 마당에 자리 펴고 누워서 뭐 하는
짓들이야?" 하고 노발대발할 것 같았다나. 법학을 전공한 K는
무단침입죄의 형량이 어쩌고저쩌고, 벌금이 어쩌고저쩌고 떠
벌렸다. 그는 잠결에 까맣게 잊은 모양이었다. 여기 들어오는
모든 이에게 평화.

　이른 아침 우리는 수탉과 뻐꾸기 소리에 이은 뭇새들의
지저귀는 소리에 잠이 깼다. 쩍쩍 쩍쩍. 침낭을 걷고, 아침식사
를 하고, 폐교를 둘러보았다. 녹슨 미끄럼틀과 철봉, 독서하는
소년소녀상, 이승복 어린이상. 아니, 아직도 반공소년 이승복이
"공산당이 싫어요"를 외치고 있었다니? 하긴 이미 죽었어야 할
국가보안법이 산 사람을 죽이려고 눈 부릅뜨는 세상이 돌아왔
으니! 닫힌 교정에서 이승복 어린이가 무언의 외침을 지르는 것
은 눈감아주자. 그런데 열린 법정에서 유언의 외침을 질러대는

저들은 21세기를 20세기의 시각으로 바라보게 되는 안구이식 수술이라도 받은 것일까? 생명공학의 발전 때문인지 갑작스레 이승복 어린이 복제인간들이 늘어난 세계에서 살아가는 것은 당황스럽기만 하다. 우리는 김기덕 감독이 만든 〈빈집〉의 주인공처럼 흔적 하나 남기지 않고 학교를 빠져나왔다. 400년 수령의 엄나무가 아래를 지나가는 낡은 자동차 한 대를 굽어보고 있었다.

강원도 산간 마을은 몇 년 사이에 많이 달라져 있었다. 우선 차도가 왕복 2차로에서 4차로, 6차로로 넓어졌고, 가슴을 먹먹하게 만들던 탄광촌의 풍경도 지워져 가고 있었다. 초록빛으로 구부러지는 길들과 투명한 공기, 새로 지은 건물들. 도롯가의 이정표를 낯선 이국의 활자나 알파벳으로 바꾸면 유럽 어느 언저리의 마을을 지나고 있다고 착각할 정도였다. 나는 영국의 토트네스(자연주의 대안마을)를 떠올렸다. 토트네스로 간 사람들이 경험한 도시는 〈아웃 오브 서울〉을 실행한 한국인들의 얘기와 닮아 있었다. 미국 월가에서 연봉 100만 달러를 받다가 사직하고 토트네스로 온 윌리엄 라나는 "뉴욕에 있을 때 하루 12시간 이상을 일하며 돈을 벌었다. 하지만 어느 순간 자신을 위해서 일하는 것이 아니라는 것을 깨달았다. 일주일에 한 시간도

가족들과 대화를 나눌 수 없었고, 피곤했으며, 늘 짜증을 내며 살았다. 연봉이 높아질수록 여유는 더 없어졌다"고 했다.

미샤(23)의 경우도 크게 다르지 않았다. "런던에 살 때는 항상 모든 것이 빠르게 흘러갔죠. 휴식이 없었고, 잠을 자려고 베개를 베고 누워도 집 밖이나 길거리에서는 사람들이 끊임없이 이야기를 하고, 가게는 24시간 열려 있죠. 런던의 그러한 것들이 저에게 큰 불안을 가져다주었어요." 공해, 소음, 속도, 그리고 치열한 경쟁. 그럼에도 매년 휴가철이면 사람들은 런던, 뉴욕, 파리, 도쿄 등 이국의 대도시로 여행을 떠나고, 대도시에 경탄하는 이유는 무엇일까? 이방인에겐 낯설겠지만 들여다보면 또 다른 '서울'이 그곳에 있을 뿐인데. 칠랑이 계곡의 길들이 입 끝을 S자로 그으며 웃음을 터뜨렸다.

구문소로 향하던 길에서 지방도로 빠졌다. 연화산 아랫자락을 넘어가는 그 길은 낙둔지에서 서울과 강릉을 잇는 철도와 만났다가 헤어지고, 우리는 짐을 잔뜩 실은 대형 트럭의 뒤를 따라 해발 720미터에 이르는 통리재 정상에 이르렀다. 여기서 기찻길을 바라보면 첩첩 산들이 기찻길보다 아래에 있어 화차들은 마치 하늘역을 향해 떠날 것 같다. 한때 엄청난 양의 석탄을 실은 화차들이 수없이 지나다니던 이 길. 나는 문득 석탄 소비량이 줄면서 땅속 깊이 묻힌 채 사라진 길들을 떠올렸다. 갱도. 길은 끊임없이 태어나고, 한 시절 영화를 누리다가 소멸하기도 한다, 마치 살아 있는 생명체처럼. 죽은 갱도는 땅 밑으로 뻗은 어둠의 가지가 아닐까. 어쩌면 그 가지 끝마다 고향 떠난 광부들의 꿈이 검은 꽃잎처럼 맺혀져 있을지도 모르겠다는 생각이 들었다. 나는 노변에 세워둔 차에 다시 오르며 427번 지방도로 핸들을 꺾었다.

혜성사 가는 이정표를 따라 소로에 들어서면 길의 끝에서 넓지 않은 공터를 만나게 된다. 말하자면 주차장이다. 여기서부터는 좁은 산길을 내려가야 한다. 예전엔 늦은 밤에 도착해서 손전등 불빛을 징검다리 삼아 얼마나 힘겹게 길을 내려갔는지 모른다. 늦은 밤에 들이닥친 불청객을 당연하게도 내쫓았던 스님께서 여전히 툇마루에 앉아 계셨고, 우리는 혜성사 좁은 마당을 지나 미인폭포로 내려갔다. 한동안 비가 내리지 않았던 탓인지 미인폭포의 수량은 많지 않았다. 그럼에도 50미터에 달하는 높이에서 떨어지는 폭포는 한국의 그랜드캐니언이라는 통리협곡과 어우러져 경이로웠다. 나는 편안하게 풍광을 감상하기 위해 너른 바위 하나를 택해 눕기로 했다. 햇살이 협곡의 이마를 지나 폭포 아래 못에 닿을 때까지만 누웠다 길을 떠나자.

뜬구름은 1억 5천만 년 전에 형성된 협곡 사이에 모습을 나타냈다가 순식간에 사라져 갔다. 그건 마치 억겁의 시간 속에서 하루살이처럼 사라지는 우리들의 생인 듯했다.

하루라는 오늘
오늘이라는 이 하루에
뜨는 해도 다 보고
지는 해도 다 보았다고
더 이상 더 볼 것 없다고
알 까고 죽는 하루살이 떼
죽을 때가 지났는데도
나는 살아 있지만
그 어느 날 그 하루도 산 것 같지 않고 보면
천 년을 산다고 해도
성자는
아득한 하루살이 떼

            – 조오현의 〈아득한 성자〉

    조오현 시인을 알게 된 것은 경기도 파주 보광사 수구암에서 지내던 시절이었다. 수구암에 기거하시는 큰스님께선 설

악산으로 하안거에 드신 탓에 나 홀로 텅빈 암자를 지켰다. 나는 툇마루에 홀로 앉아 책을 읽곤 했는데, 처음 읽은 책이 무산(霧山) 조오현 스님의 《절간 이야기》였다. 그 책의 앞 속지에는 '절대보존본' 이란 글귀가 쓰여 있었다. 아마도 큰스님께서 갖고 계시던 책들을 객들이 다 집어가 버리고 단 하나 남은 책인 듯했다.

별 생각 없이 집어들었는데 몇 편의 글을 읽고 나자 도무지 손을 뗄 수가 없었다. 장르상 수필이었지만, 한 편 한 편이 시였던 것이다. 지금껏 이렇게 뛰어난 문필가를 알지 못했다는 것이 부끄럽고 놀라울 따름이었다. 단어 하나하나가 어울리고 부딪히며 때론 은은하게, 때론 쩡쩡 울렸다. 그리고 한 편을 읽고 나면 저절로 고개를 들고 지나가는 구름을 한참이나 쳐다보게 했다. 뒤늦게 무산 조오현 스님의 나이가 서른 예닐곱이 아니라 칠순이 넘으셨다는 것을 알고 다시 한번 놀랐다. 칠순노인의 글이라고 보기엔 단어나 문장이 너무나 모던했기 때문이다.

무산 조오현 스님은 역시 그렇게 묻혀있을 분은 아니었는지 그 후 〈아득한 성자〉로 2007년 정지용 문학상을 받았다. 등단을 위한 시, 문예지 게재를 위한 시, 시집을 엮을 요량으로 지은 시를 읽다가 〈아득한 성자〉를 읽자 시(詩)라는 것이 어떤 것인지, 진정 어떤 사람이 시인인지 알 것 같았다. 바로 이것이

시라는 거다! 라며 뒤통수를 한 대 맞은 듯 정신이 번쩍 드는 기분이었다. 〈아득한 성자〉는 뒤늦게 오도송(悟道頌: 고승들이 깨치는 순간, 그 깨달음을 읊은 선시)으로 알려지면서 더 큰 화제가 되었다.

어느새 차가운 바위와 맞대고 있던 뒤통수가 차갑다. 햇살이 폭포 아래 못과 '쨍' 하고 닿았다. 아이 차가워! 햇살이 즐거운 비명을 질렀고, 그때 휴대폰이 울렸다. 먼저 자리를 뜬 K와 L형으로부터 온 전화였다. 어이, R! 그만 가자. 비탈길을 올라서며 뒤돌아보고, 또 뒤돌아보는 아쉬운 발걸음을 옮겨 다시 길 위로 나섰다. 427번 지방도는 이제 신리재를 넘어 가곡천을 따라 이어지고 길은 서늘하게 아름답다. 우리는 신리 큰다리목에서 417번 지방도를 따라 가곡면 방향으로 내려가기로 했다. 아무래도 거제도까지 내려가려면 남쪽으로 가야 하고, 산을 흠뻑 맞았으니 어서 바다를 만나고 싶은 마음도 한몫했다. 동활계곡과 가곡천을 지나는 길에는 여러 개의 플래카드들이 붙어 있었다. '가곡 인구 늘어나네 덩실덩실 춤추세', '아픔을 모두 딛고 새 희망을 만들어 보세'. 공부해라, 대학 가라, 재테크해라, 그런 명령형 문장들로 포화상태인 도시를 벗어나 춤추세, 보세, 하세, 하나같이 청유형 종결어미로 끝나는 문장들을 연달아 읽

고 있으려니 웃음이 터져 나왔다. 상하가 따로 없고, 빈부가 따로 없고, 귀천이 따로 없이 말하는 사람이나 듣는 사람이나 다 같이 어깨동무하는 청유형. '하루살이 같은 우리들의 생, 모든 이들 평화롭게 한세상 살다 가세.'

# 22

# 아웃 오브 서울 3

《관동별곡》과 월송정

관동팔경 중 최남단 명승지 월송정.
한가롭게 산책하거나 책을 읽거나 한숨 자기에 좋은 곳이다.

나 고향에 있을 때는
그리울 줄 몰랐다
외롭고 지쳐 잠들던 서울의 밤
눈 뜨는 아침엔 언제나
천정에서 푸른 바다가 출렁거렸다
많이 지쳤구나, 왔다 가렴
그럴 때면 완행 밤기차를 타고 내려가
당신의 품에 안기곤 했다
도시에서 바싹 마른 솜 같았던 나
바다의 젖꼭지를 물고 내 영혼이 흠뻑

# 젖을 때까지 빨곤 했더랬다,
## 어머니

– 나의 졸시, 〈부산〉

스무 살 무렵부터 집 떠나 살았던 나는 어느 날 〈그랑 블루〉의 한 장면처럼 바다가 천장에서 출렁거리는 환각을 본 적이 있다. 뤽 베송이 만든 그 영화를 보기 전이었고, 그 영화가 만들어지기도 전이었다. 이렇다 하게 뚜렷한 이유가 있었던 것은 아니지만 객지 생활에 몹시 지쳐 있었던 모양이라 판단한 나는 바다를 보기 위해 무작정 월미도로 갔다. 그러나 동해와 남해만 다녔던 나에게 인천 앞바다는 왠지 모르게 바다 같은 느낌이 들지 않았다. 바다라면 당연히 있을 줄 알았던 모래사장, 해송도 없었다. 육지 끝에서 내려다본 바닷물 위엔 기름덩어리가 둥둥 떠 있었다. 나는 실망한 채 돌아와야 했다. 그 후 오래지 않아 또다시 천장에서 바다가 출렁거리는 환각을 보았다. 아무래도 바다를 보고 와야겠구나. 결국 나는 경부선 완행 밤기차를 타고 고향으로 내려갔다. 바다! 순간 방전된 전지가 충전이 되는 듯한 느낌이었다. 나뿐만 아니라 바닷가나 항구도시에서 살았던 사람들은 객지 생활을 하다가 유사한 경험을 한 적이 있으리라. 사방이 막혀 있는 도시를 벗어나 바다와 '접속' 하는 순간 마른 솜이 물을 먹듯 바다의 에너지를 흠뻑 빨아들이는, 그 에너지가 온몸 구석구석으로 번져가는 느낌을.

태백에서 가곡천을 따라 내려오던 우리는 드디어 바다와 '접속' 했다. 찌리릿. 길은 '동해안 일주 코스' 로 널리 알려진 7번 국도. 월천교 무렵에서 신(新)7번 국도와 구(舊)7번 국도로 나뉘는데, 빨리 가자면 신7번 국도를, 바다 풍경과 자주 만나려면 구7번 국도를 따라가면 된다. 제시간에 닿아야 할 목적지가 있는 것도 아닌 우리는 구7번 국도로 접어들었다. 쟁! 정오를 갓 지난 햇살이 수직으로 꽂히는 바다는 취옥빛으로 반짝거렸다. 오래간만에 보는 선명한 명도와 채도의 바다 풍경. 이왕 7번 국도를 지나는데 바닷가 구경도 한번 해보자. 경상북도로 도 경계를 넘어갈 무렵 K가 상기된 목소리로 재촉했다. 그러자꾸나.

평일의 해변에는 모래사장만이 길게 뻗어 있을 뿐 단 한 사람도 보이지 않았고, 해상구조대가 사용하는 철골 망루만이 수평선을 마주하고 서 있었다. 빨갛게 녹슨 3층 망루 위 의자 하나. 저 의자에 앉아 바다를 내려다보면 어떨까? 텅 빈 해변엔 말릴 사람도, 지키는 사람도 없으니 무작정 녹슨 사다리를 밟고 올라갔다. 사다리 끝에는 잠수함 해치처럼 쇠문이 달려 있었다.

텅. 열어젖히고 올라가니 바다가 한눈에 들어온다. 해변에 자리 잡은 고층 콘도의 베란다에서 바다를 내려다본 적도 있지만 이렇게 가까이에서 바다를 내려다본 건 처음이다.

"바다 한가운데의 다이빙대 같은 데서 두 여자가 바다를 내려다보는 장면이 생각나는데, 그 영화 제목이 뭐였더라?"
"파란 대문."

마침 나도 철골 망루에 앉아 김기덕 감독의 〈파란 대문〉을 떠올렸는데 K도 같은 장면을 떠올렸던 모양이었다. 영어 제목, 영어 카피. 그의 영화가 언제나 그렇듯 '새장 여인숙'에도 한 명의 창녀를 사이에 두고 아버지와 아들이 동서(?)가 되고, 같은 공간에서 다른 삶을 사는 여대생이 몸 아픈 동갑내기 창녀를 대신하여 손님을 받는 등 우리의 일상을 뒤흔드는 장면들이 많았지만, 10년이 지나도 뚜렷이 남아 있는 건 역시 마지막 장면이었다. 바다 밑에서 부감으로 다이빙대 위에 나란히 앉아 있는 두 여자를 보여주는데, 화면 가득 금붕어가 헤엄치고 있었다. 바다에서 금붕어가 어떻게 살 수 있냐고 현실적으로 따지면 할 말이 없지만, 바다에 놓아준 금붕어를 헤엄치게 하는 게 김기덕의 영화다. 어이쿠! 해풍이 모자를 벗기려는 찰나 재빨리 움켜쥐었다. 높이 올라온 만큼 바람도 거세구나. 모자가 날릴까 봐 잔뜩 눌러쓰고 녹슨 사다리를 내려왔다. 이제 또 길을 떠나야지.

7번 국도가 바다에서 멀어지면 바다와 맞붙은 지방도를 따라 후정, 죽변, 봉평, 양정, 울진, 오산, 덕산, 망양을 지나 평해에서 월송정에 이른다. 관동팔경 중 최남단 명승지인 월송정은 그중 사람들이 가장 덜 찾는 곳. 그 때문일까, 남한에 있는 여섯 명승지 중 한가로운 정취를 느끼기엔 가장 좋은 곳이다. 울창하고 너른 소나무 숲 아래를 거닐며 산책을 하기도 좋고, 도톰하게 깔린 솔잎 위에 앉아 책 읽기도 좋고, 나무 그늘에 누워 한숨 자기도 좋다. 조선 중기 시인 정철은 월송정에서 소나무 뿌리를 베고 잠들었다가 꿈속에서 신선을 만나 술 얻어 마시고 놀았다던데…….

소나무 뿌리를 베고 누워 선잠이 얼핏 들었는데 꿈에 한 사람이 나에게 하는 말이 "그대를 내가 모르랴? 그대는 하늘나라의 참된 신선이라. 황정경 한 글자를 어찌 잘못 읽고 인간 세상에 내려와 우리를 따르는가? 잠시 가지 말고 이 술 한 잔 먹어 보오." 북두칠성을 기울여 푸른 바닷물을 부어내어 저도 먹고 나에게도 먹이기에 서너 잔을 기울이니, 훈훈한 바람이 산들산들 불어 겨드랑이를 추켜 올려서, 구만리나 되는 멀고 높은 하늘도 웬만하면 날아갈 듯하구나. "이 술을 가져가서 온 천하에 고루 나누어 모든 백성을 다 취하게 한 후에, 그 때에야 다시 만나 또 한 잔 하자꾸나." 그 말이 끝나자 신선은 학을 타고 높은 창공으로 올라가니, 옥통소 소리가 어제던가 그제던가 어렴풋하네. 나도 잠을 깨어 바다를 굽어보니, 깊이를 모르는데 그 바다 끝을 어찌 알겠는가? 밝은 달빛이 온 세상에 비치지 않은 곳이 없다.

– 송강 정철의 《관동별곡》 중에서

그가 다시 이곳에 온다면 어떤 꿈을 꿀까? 신선주는 고사하고 냉수 한 잔 얻어 마시지 못할는지도 모르겠다. 소나무 숲은 여전히 아름답지만 해안선을 따라 해안 경비용 철조망이 바다와 송림을 갈라놓고, 2006년 인근에 방파제가 생기면서 너비 100미터에 이르던 모래사장이 송림 앞까지 침식되었고, 평평하던 모래사장은 높이 2미터에 달하는 모래절벽으로 변해버렸다. M. 나이트 샤말란 감독의 〈해프닝〉처럼 인간의 무분별한 개발에 화가 난 숲이 산소 대신 자살가스를 내뿜을까 갑자기 두려워진다. 그래, 우리는 개발이란 이름으로 날마다 자살하고 있는지도 모르지.

"우리 오늘은 어디서 잘까?"

"아무래도 거제도까지 내려가긴 힘들겠지?"

"운문사에서 자는 건 어떠냐? 하룻밤 신세 질 수 있을지도 모르겠다."

"운문사는 비구니 사찰인데 우리를 재워 주실까요?"

"일단 J 스님께 전화를 걸어볼게."

L형이 여쭈니 J 스님께선 흔쾌히 대답하셨다. 오너라. 그렇게 해서 우리는 포항에서부터 남서쪽으로 달리기 시작했다. 경주를 지나 청도군으로 들어선 뒤 운문호를 끼고 달려 운문사

진입로에 들어서자 홍송이 좌우로 울창하다. 아, 이래서 운문사는 걸어서 들어가라고 하는 거구나. J 스님과 만나기로 한 운문사 종무소에 도착한 것은 공양시간이 끝나갈 무렵이었다. 우선 손님을 맞이하는 지객 스님의 안내를 받아 공양간에서 저녁 밥상을 받았는데, 사찰에서 그렇게 맛난 식사를 하게 되리라고는 미처 예상치 못했다. 정갈하고 풍성한 반찬이 식탁 위에 가득한데 모든 나물과 채소를 스님들께서 힘을 합하여 함께 키우신 것이라 한다. 국수와 밥은 물론이고 찬그릇까지 깨끗이 비울 무렵 J 스님께서 나타나셨다. 고등학교를 졸업하고 출가한 지가 서른 해가 지났다지만 스님께서는 여전히 소녀 같으시다.

"내일 일찍 큰스님을 모시고 러시아에 가야 하기 때문에 내일은 시간이 없어. 해 지기 전에 구경시켜 줘야 하는데, 일어나자."

절 마당을 지나가는 동안 시낭송집 《구름 나그네》를 내기도 하신 스님은 청아한 목소리로 능소화, 붓꽃, 꽈리꽃, 청매, 영산홍의 이름을 불러주었다. 안녕! 우리는 꽃들과 눈인사를 나누며 스님의 뒤를 따라 극락교를 건너갔는데, 그 곳은 과연 극락이었다. 마음 심(心)자 형상으로 만들어진 연못이며, 자귀나무, 후박나무, 찔레꽃, 할미꽃, 황매, 조팝나무, 매화나무, 해당화, 부처꽃, 창포, 돌단풍, 쑥부쟁이, 호두나무, 치자나무, 노간주나무, 갯기름나물, 노란별꽃, 계수나무, 연달래, 진달래, 도라지, 단풍나무, 목련……. 갖가지 꽃이 피고 나무가 자라는 정원에서 초행(草行)을 하다 보면 고라니와 산토끼도 만난다고 했다.

말년에 운문사 아래서 여관을 하고 싶다던 유홍준은 《나의 문화유산 답사기》에서 운문사의 아름다움 다섯 가지를 들었는데-첫째는 바라보는 이의 눈도 마음도 어질게 하는 학인 스님들이고, 둘째는 장엄한 아침 예불이고, 셋째는 운문사 입구의

솔밭이고, 넷째는 운문사의 평온한 자리매김이고, 다섯째는 운문사에서 《삼국유사》를 집필하셨다는 일연 스님. 그러나 유홍준은 아무래도 한 가지를 감춘 듯하다. 물론 일반인 출입금지의 극락교 너머 죽림헌과 목우정을 언급하긴 했지만, 어쩌면 10년 전에는 그곳이 지금처럼 꾸며져 있지 않았는지도 모르지만, 분명 극락교 너머 '비밀의 화원'은 아름다움 다섯 가지에 하나 더 덧붙일 수 있을 만큼 황홀한 곳이었다.

운문사는 비구니 승가대학이 있는 곳인지라 남정네들 누울 자리는 따로 없을 줄 알았는데 J 스님께서 손님방을 마련해주셨다. 개울가에 자리한 호젓한 방 한 칸. '운문사의 아름다움 다섯 가지' 중 아직 보지 못한 아침 예불을 보려면 일찍 일어나야겠지. 일찌감치 자리 펴고 누웠는데 물 흐르는 소리에 좋다, 좋다 속으로 연방 추임새를 넣다가 눈을 뜨니, 어느새 구름문[雲門]을 젖히고 나온 달빛이 문살 사이로 들어와 있었더라.

# 23

# 아웃 오브 서울 4

《양철북》과 운문사, 그리고 구조라 해수욕장

고단한 도시 생활 속에서 영혼은 결리고 뭉친다.
우리는 세상에서 가장 얇고 작은 집에서 영혼의 마사지를 받고 있었다.

산사의 종이 33번 울리며 한 세상이 열리고, 법당에서 절을 올리는데 《양철북》이란 작품이 볼록 생각났다. 1979년 칸영화제 황금종려상을 받고, 1999년 귄터 그라스에게 노벨 문학상을 안겨주었던 《양철북》을 짐작하는 사람들도 있겠지만, 내가 떠올린 작품은 성은 '양' 이요, 이름은 '철북' 이란 소년이 등장하는 자전적 성향의 성장소설이다. 소년은 자라서 '이룡' 이란 이름의 시인이 되고, 필화 사건으로 수배를 받던 무렵엔 '이산하' 로 불리었고 지금도 그렇게 불리지만, 본명은 '이상백' 이다. 갑작스레 운문사에서 그의 《양철북》이 떠오른 까닭은─한 소년이 스님과의 동행 길에서 보게 된 운문사 새벽예불에 대한 묘사가 내가 보고 있던 모습, 들던 소리, 느끼던 감정과 절묘하게 겹쳐졌기 때문이었다. 마치 내가 대법당 문틈으로 들여다보던 소년, 양철북이 된 것처럼.

수백 명이 동시에 하는 합송이 장중하게 흘러나왔다. 수십 개의 법당 문창호지가 붉게 물들어 있었다. 나는 그 문틈으로 안쪽을 겨우 들여다보았다. 숨이 멎을 듯 경건하고 엄숙하기 이를 데 없었다. 법당을 가득 메운 젊고 앳된 비구니 스님들의 뽀얀 얼굴에 붉은 불빛이 일렁이고 사슴같이 맑은 눈동자들은 불빛에 반사되어 초롱초롱 빛나고 있었다. 나는 새벽예불이 이처럼 웅장하고 장엄할 줄은 상상도 못했다. 문틈에 눈을 붙인 채 나는 마치 얼어붙은 듯 꼼짝도 할 수가 없었다. 나도 모르게 가슴이 벅차오르고 마침내 거대한 파도가 밀려와 나를 통째로 삼켜버리는 듯했다.

– 이산하의 《양철북》 중에서

'절집의 새벽예불이 보여주는 장엄함은 가톨릭의 그레고리안 찬트(무반주로 불리는 남성 성가)와 비견된다' 며 운문사 새벽예불에서 '전통 음악의 원형질' 을 끌어냈던 유홍준의 찬

사대로 200명이 넘는 비구니 스님들이 다 함께 암송하는 불경은 '고귀한 단순과 조용한 위대'에 도달하며, 장중하게 막을 내렸다. 아제 아제 바라아제 바라승아제 모지 사바하. 가자, 가자, 피안으로 가자, 피안으로 다 함께 가자, 깨달음이여 영원하라! 새벽예불에 참석한 뒤, 아침 공양까지 대접받은 우리는 《반야심경》의 마지막 후렴구처럼 다시 길을 떠났다.

가자, 가자, 거제도로 가자, 거제도로 다 함께 가자. 여행길이여 영원하라!

햇살 쏟아지는 국도를 따라 밀양 방면으로 향했다. 지도를 들여다보던 K가 거제도까지의 코스를 밀양—마산—창원—통영으로 잡았다. 운문호를 따라 이어지는 꽃길과 동창천을 따라가는 20번, 58번 지방도도 아름다웠고, 때론 마을 표지를 보고 웃음을 터뜨리기도 했다. '구촌리'라니. 사촌도, 팔촌도 아닌 구촌이라. 저긴 구촌들끼리만 사는 마을인가? 하하하 정말, 그런가 봐. 이 마을 이름은 '사촌리'잖아! 그럼 여긴 사촌들끼리만 사는 마을인가 보네. 머잖아 '삼촌리'도 나오지 않을까? 그런 농담을 주고받으며 우리는 '비밀스런 햇빛'으로

스며들고 있었다. 밀양. 이창동 감독의 〈밀양〉으로 타지 사람들도 밀양의 위치를 대충이나마 알게 되었지만, 우리가 밀양에서 마주친 것은 다른 영화의 한 장면이었다. 10대 시절 '밀양 아랑제'에 종종 놀러왔던 나는 낯익은 '영남루' 대신 '긴늪숲유원지(기회송림)'나 한번 들를 생각이었다. 근데 지도를 잘못 본 탓인지, 길을 지나쳤다 싶더니 요상한 터널 하나가 우리 앞에 떡 버티고 서 있었다.

　　터널 안은 달랑 한 차선, 맞은편 '입구'에서 차가 먼저 들어서면 영락없이 이쪽 '출구'로 나올 때까지 기다리고만 있어야 하는 난감한 길이었다. 어디선가 본 것도 같은데? 곽경택 감독의 〈똥개〉였다. 일찍이 밀양을 배경으로 만들어졌던 영화. 초록색 추리닝 바람에 경상도 사투리, 망가진 정우성이 싸움질을 하던 장소가 바로 이 용평터널 안이었던 것이다. 한 대, 두 대 맞은편에서 연이어 차가 들어서고 결국 차량 다섯 대를 보내고 나서야 터널로 들어설 수 있었다. 흠, 야릇하군. 오가는 방향에 따라 이쪽이 '입구'가 되기도 하고, 저쪽이 '입구'가 되기도 하는 터널. 그래, 사람은 누구나 제 있는 자리에서 생각하는 법이지. 햇빛 아래 노란 꽃도 다른 불빛 아래에서는 파란 꽃이 되기도 하고, 붉은 꽃이 되기도 하지 않는가?

밀양을 지나 창원으로 향하는 동안 줄곧 듣던 음악도 지겨워져서 라디오를 틀었다. 최재형 작사, 이수인 작곡이라는 가곡이 흘러나오고 있었다. '한나절 청산은 졸고 구름은 둥둥 영 넘어 간다. 은어새끼 송사리떼 파들거리는……' 묵직한 바리톤 목소리에 눌려 뒤따르는 가사는 잘 들리지 않았지만, '청산은 졸고' 부분이 맘에 들어 '청산은 졸고'에 도돌이표를 내 맘대로 붙이고 계속 불러댔다. 청산은 졸고, 청산은 졸고, 아닌 게 아니라 따사로운 햇살이 내리쬐는 게 졸음이 슬며시 오는 날씨였다. 젠장, K랑 L형은 대체 운전면허 언제쯤 딸 거야?

창원, 마산을 관통해 통영으로 가는 길은 딱히 떠들어 댈 게 없다. 편의점, 은행, 관공서, 통신사 대리점, 24시간 김밥집, 서울이나 부산이나 마산이나 창원이나 도심의 길들은 별반 다를 바도 없으니. 그저 마산을 빠져나가던 길에 본 '동전마을' 정도가 이색적이었다고나 할까? 이 마을에선 지폐 내면 안 받고 무조건 동전만 받는 거야. 주유소도, 은행도, 심지어 주일 헌금도? 하하하. 그런 싱거운 농담이 행복한 비명으로 바뀌기 시작한 것은 14번 국도에서 77번 국도로 접어들고 나서였다. 보조석에 앉은 인공지능 내비게이션 K의 안내대로 암하삼거리에서 좌회전을 했는데 '한국의 아름다운 길'이라는 이정표가 허공에 달랑거리고 있었다. 아니나 다를까, 길은 거짓말 조금 더 보태서 동해안 일주 7번 국도보다 11배 정도 더 아름다웠다. 아무튼 77번이니까. 가령 7번 국도가 정통파 투수라면 77번 국도는 커브, 슬라이드, 너클볼 등을 자유자재로 구사하는 변화구 위주의 투수였다. 한마디로 핸들을 요리조리 돌려야 했던 것이다. 그래서 무진장 바빴냐면? 전혀! 시간은 옆에서 출렁거리는 바닷물만큼이나 철철 넘쳤고, 초저속 커브를 그리며 거제도 모래사장 황금빛 미트에 꽂히기만 하면 되니까. 그래서 7번 선발 투수에 비해 77번 중간계투가 던질 수 있는 이닝 수가 너무 짧다는 게 아쉬웠다.

구거제대교를 건너 제주도 다음으로 큰 섬, 거제도로 건너갔다. 1018번 마무리 투수 등장. 우리는 거제도 푸른 테두리를 따라 여행했다. 아열대에서 자라는 식물들이 투수전이 벌어지는 야구장의 외야수처럼 한가롭게 서 있고, 비행기를 타고 가지 않아도 이국적인 풍광들이 바다와 섬과 산줄기를 따라 방영되고 있었다. 그래서 스무 살까지 부산에서 살았으면서 거제도엘 한 번도 오지 않았던 것이 혀를 깨물고 싶을 정도로 안타까웠다. 우리는 '함박마을'로 들어섰다가 '쪽박마을'을 만나 길을 헤매다 나오기도 하고, 상상해 보면 실로 난감해지는 지명의 마을을 만나기도 했다. '외간마을'. 그럼 이 마을 사는 남자들은 다 외간 남자들이네. 이 마을 사는 여자들은 다 외간 여자군! 결국 여긴 외간 남자와 외간 여자가 사는 마을이야? 하. 하. 하. 우리가 터뜨린 웃음이 해 저무는 풍경 속으로 퐁 퐁 퐁 빠지고 있었다.

잠은 구조라 해변에 텐트를 치고 자기로 했다. S사를 다닌다는 네 청년이 바닷가 가로등 불빛 아래에서 삼겹살을 구워 먹고 있었다. 우리는 텐트를 친다, 물을 끓인다, 랜턴을 찾는다, 한동안 부산을 떤 뒤에야 저녁식사에 곁들여 술잔을 기울일 수 있었다. 건배! 첫째 날은 강원도의 폐교에서, 둘째 날은 금남의 사찰에서, 이젠 텅텅 빈 해변이로구나. 소주 한 병이 한계투구 수에 달한 투수처럼 물러날 즈음 고기 냄새를 폴폴 풍기던 청년들이 코펠을 챙긴다, 버너를 챙긴다, 부산을 떤 뒤 집으로 돌아갔다. 그러자 해변은 불 꺼진 야구장처럼 조용해졌고, 밤공기는 서늘했으며, 그래서 죽어서 자빠져 있는 한 그루 야자나무로 불을 지폈다. 섬유질로 된 야자수는 부러지는 게 아니라 한겹 두겹 잘 벗겨졌고, 그래서 잘 탔다. 도시를 떠나 일렁이는 불빛을 바라보며 술잔을 기울인 게 얼마 만인가? 밤하늘에 뜬 달이 더 이상 부러워서 못 봐주겠다는 듯 구름 속으로 사라지고 있었다.

　　잠이 깼다. 해가 뜬 지 꽤 시간이 지난 듯했는데 해변은, 조용했다. 토독 토독 토독. 빗소리가 들렸다. K도 이미 잠이 깬 것 같았지만 가만히 빗소리를 감상하고 있는 듯했다. 천국이 따로 없구나. 세상에서 가장 얇은 집 위로 떨어지는 빗소리가 너무나 감미로워서 나는 다시 눈꺼풀을 닫고 귀를 기울였다. 토독 토독 토독. 텐트는 참 작았고, 그래서 고막과 텐트 사이가 너무나 가까웠고, 그래서 빗방울이 고막 위로 떨어지는 것 같았다. 그러다 보니 텐트가 고막 같고, 텐트가 우리 영혼인 것만 같았다. 빗방울이 때론 굵어지기도 하고, 때론 가늘어지기도 하면서 속삭였다. 오른쪽으로 돌아누우렴. 말 그대로 나는 오른쪽으로 몸을 비틀었다. 물과 공기와 중력과 바람과 햇살과 모든 것은 모든 것과 연관되어 있었고, 모든 것과 연관된 빗방울이 토닥토닥 우리의 고단한 영혼을 두드려주었다. 고단한 노동 속에서 근육이 결리고 뭉치듯, 고단한 도시 생활 속에서 영혼 역시 결리고 뭉치는 거란다. 그래서 이제 일어나야 한다는 것도, 도시로 돌아가야 한다는 것도 잊은 채 세상에서 가장 작고 얇은 집에서 우리는 영혼의 마사지를 받고 있었다. 그때 빗방울이 다시 속삭였다. 이제 왼쪽으로 돌아누우렴. 나는 왼쪽으로 돌아누웠다.

토닥토닥토닥. 토닥토닥토닥.

# 24
# 아웃 오브 서울 5

《여행의 기술》과 제주도 중산간 목장

나는 초원 한가운데 컨테이너를 차지했다.
해발 500미터에 멀리 제주 앞바다가 내려다보이는 자리에.

부산 연안여객터미널에서 코지 아일랜드(Cozy Island)호에 올라탔다. 아늑하다는 뜻의 영어 단어 '코지'는 우리말로 '곶'의 제주도 방언이기도 하다. 나는 제주도에서 카우보이가 될 것이다. 〈브로크백 마운틴〉의 히스 레저처럼 말 타고 소떼를 몰지는 않겠지만, 여하튼 '한라 마운틴'의 말과 사슴을 기르는 목장에서 일하게 되었으니, 카우보이라고 해도 무방하지 않을까? 물론 목장에 눌러앉아 한세상 다 보낼 생각은 없다. 그저 '개인적으로 더 의미 있는 활동에 참여하는 데 필요한 자금을 모을 생각으로 애초부터 한정된 기간만 종사할 의도로 접근하는 직업'이다. 《제너레이션 X》의 저자 더글러스 커플런드는 이것을 '반안식적 직업'이라고 칭했다.

그의 책이 한국에서 출판된 해는 1991년. 이듬해 한국에선 '서태지와 아이들'의 출현과 함께 1970년대에 태어난 '신세대'가 등장했다. 뒤이어 신세대 이전 세대들에겐 '386 세대'라는 라벨이 붙었다. 나는 종종 이 두 세대가 기치로 내세웠던 가치가 무엇이었을까 생각해 본다. 잘은 몰라도 386 세대의 기치는 '정의'였던 것 같다. 그렇다면 신세대의 기치는 아마도 '자유'가 아니었을까? 그래서 나는 지금 이 나라를 한마디로 딱 잘라 이렇게 이른다. '배신자들의 나라'라고. 가령, "니네 아빠 한달에 얼마 벌어?" "니네 아파트는 몇 평이야?"라고 천연덕스레 묻는 아이들은 다름 아닌 '386 세대'와 '신세대'의 아들딸들이다. 아들딸은 부모의 대화를 듣고 배운다.

서울을 출발해 강원도의 폐교, 동해안의 월송정, 거제도의 구조라 해수욕장을 지나 제주항에 차를 내려놓았다. 나는 모슬포에서 사진 찍는 H를 만나 저녁 무렵에야 제주도 중산간으로 올라갔다. 삼나무 숲과 나란히 달리는 도로가에 세워져 있는 팻말. '말 타는 곳'.

"오늘은 자고 내일 천천히 일을 배우면 돼."

목장주는 버려진 마구간에 딸린 방 한 칸이 숙소라고 했다. 삼나무는 습기가 많은 곳에서 자라는 나무다. 방문을 열자 천장이며 벽이며 온통 곰팡이로 가득했다. 사방 모서리에 매달린 거미들이 불청객을 동시에 째려보았다. 바닥엔 지네가 발을 뻗고 죽어 있었다. 맙소사! 첫날 밤 나는 방 안에 텐트를 치고, 어쨌든, 겨우 잤다. 그러나 이틀날 저녁, 숙소로 돌아온 나는 도저히 그 방에서 잠들 수가 없었다. 부화한 곤충의 애벌레들 수천, 아니 수만 마리가 어디 한번 같이 놀아 보자며 방바닥에서 뒹굴고 있었기 때문이다.

"저쪽 컨테이너를 비워 주시지 않으면 차 안에서 지낼 테니 그렇게 아세요."

결국 나는 초원 한가운데 컨테이너를 차지했다. 해발 500미터, 멀리 제주 앞바다가 내려다보이는 더없이 전망이 좋은 자리였다. 컨테이너에 쌓여 있던 짐을 창고로 옮기고, 바닥의 묵은 때를 닦자 비록 샤워시설이나 화장실은 없지만 지상에서 가장 아름다운 집이 되었다. 흠, 컨테이너 외벽에 꽃이라도 그려 넣으면 히피들의 거주지처럼 보이겠군! 나는 기대 이상으로 만족했다.

아침 7시. 컨테이너의 문을 열어젖힌다. 들판에서 풀을 뜯던 사슴들이 동그란 눈으로 나를 쳐다본다. 100마리가 넘는 사슴떼가 들판에서 풀을 뜯는 모습은 장관이다. 승마목장과 사슴목장 사이에 울타리가 없다면 아프리카 세렝게티 공원이라고 해도 의심하지 못할 풍경. 얘들아, 좋은 아침! 사슴들에게 아침 인사를 하며 목장의 사무실로 나가는 길. 수평선을 따라 뭉게구름이 피어오른다. 이제 양치질과 세수를 하고 슬슬 일을 시작해 볼까.

더~ 더~, 더~ 더(말을 부를 때 내는 소리). 초원에서 풀을 뜯거나 잠든 말들을 모은다. 안장을 채우고, 재갈을 물리고, 손수레로 사료를 싣고 와 열두 마리 말들에게 먹인다. 이 녀석들은 승마장에 말 타러 오는 손님들을 태우기 위한 말들이다. 다시 사료를 트럭에 싣고 제2목장으로 간다. 더~ 더~, 더~ 더. 언덕을 넘어 말 수십 마리가 달려온다. 그렇게 제3목장까지 돌고 나면 마지막으로 종마에게 먹이를 주러 가야 한다. 해가 솟아오르자 땀이 배기 시작한다. 이제 말똥을 치워야 할 시간. 말들이 풀을 먹고 소화하고 배설한 똥에서는 풀 냄새가 난다. 말 한 마리가 하루 평균 5킬로그램에 이르는 똥을 싸대니 그 양은 정말 엄청나다. 날마다 똥을 치우다 보면 미추의 경계가 사라지는 순간들

이 있다. 어느 날엔 에메랄드처럼 반짝이는 초록색 풍뎅이가 날아와 말똥 위에 앉았다가 새파란 하늘 위로 날아가기도 했다. 그 모습에선 어떤 아름다움도, 추함도 찾아볼 수 없었다. 다만 그러할 뿐.

저녁이면 일꾼들과 함께 둘러앉아 맥주잔에 소주를 따라 마시곤 했다. 낯선 곳에서 낯선 일을 배우며 길동무를 만나 이야기를 듣는 것은 길 위의 가장 큰 기쁨. 스스로 꼴통이었다고 고백하는 Y는 이젠, 스스로, 철이 들었다며 조련사가 되려고 제주도에 왔다.

"병장 말년 때였는데 말이야, 내무반에서 술을 마시다 안주가 다 떨어진 거야. 그때 마침 연대 본부 수족관의 열대어가 딱 떠오르더란 말이지. 그래서 열대어를 잡아와서 취사병을 깨웠지. 이거 회 쳐!"
"그래서 어떻게 되었는데?"
"병장님, 안됩니다, 안됩니다 하는 취사병한테 안 되는 게 어딨어, 너 죽고 싶어? 소리를 질렀더니 결국 회를 쳐 오더군. 물론 다음날 죽은 건 나지. 말년에 영창 들어가서."
"근데 열대어 회는 맛이 어땠어?"

"술 취했는데 그 맛이 기억나겠어?"
"하하하!"

영화감독 여균동을 닮은 중년의 목장장이 목젖이 다 보이도록 웃었다. 그는 한때 고기잡이배의 선장이었다고 한다. 그는 바다에 떠 있는 배의 방향과 불빛만 봐도 어디로 무엇을 잡으러 떠나는 고깃배인지 한눈에 알아보았다.

"바다에선 닻이 생명줄이에요. 태풍 불 때 닻이 끊어지면 끝장입니다. 그날 바다에 나갔는데 태풍이 올라왔어요. 그런데 내 배의 닻이 끊어져 버린 겁니다. 다른 배에 계속 구조 신호를 보냈죠. 살 수 있는 길은 닻이 있는 다른 배에 내 배를 묶는 방법밖에 없어요. 그런데 폭풍우 치는 바다에선 아무도 도와주러 가지 않아요. 닻 올리고 구조하러 가는 사이에 침몰해 버리니까. 그렇게 죽을 시간만 기다리고 있는데, 배 한 척이 왔어요. 목숨을 건졌지요. 그리고 몇 년 뒤 바다에 나갔는데 이번엔 나를 구해줬던 선장 배의 닻이 끊어진 거예요. 그 선장이 계속 구조 신호를 보내왔어요. 내 목숨을 구해준 사람이고, 그래서 고민을 했어요. 결국 폭풍우 속에서 닻을 올리려는

데 다른 배에 탄 동료들이 무전을 보내오는 거예요. 닻 올리면 네가 죽어, 너뿐만 아니라 네 선원들 다 죽어. 다른 사람 목숨까지 걸린 문제니 갈 수가 없었어요. 망설이는 사이 그 배는 침몰했어요. 그 길로 다시는 배를 타지 않았어요. 배를 팔고 매일 술만 마셨어요. 죄책감 때문에 맨정신으론 살 수가 없었어요. 세월이 흐르고, 이제 살아야겠다는 생각도 들고, 그래서 바다 대신 찾은 직장이 이 목장이죠."

목장에서 일할 사람을 구한다고 해서 목장 일을 시작했는데 우연이라면 기막힌 우연, 희한하게도 목장 옆 묘지에 자신의 목숨을 구해주었던 선장이 묻혀 있었다. 그는 목장에서 지내며 그 무덤에 풀이 자라면 풀을 베러 간다. 누가 시킨 일도 아닌데 말없이, 홀로, 풀을 베러 갔다 오곤 한다.

"〈타이타닉〉을 보면 마지막에 한 명씩 물속으로 가라앉는데, 진짜 그래요. 겨울이 아니어도 바닷물이 계속 체온을 빼앗아가니까, 그 뭐냐 저체온증으로, 정신이 희미해지고, 그러면 가라앉아 버려요. 친구가 타던 배가 침몰했어요. 각자 구명튜브를 잡고 매달려 있었는데 구명튜브

하나가 부족했어요. 그래서 친구는 동료의 어깨를 붙잡고 있었죠. 서로 정신 잃지 말라고 격려를 하면서 버티는데 시간이 지나자 한 사람, 한 사람씩 가라앉았어요. 바로 옆에 있던 사람이 한 명씩 물속으로 사라지는 걸 보는 기분이 어떨 것 같아요? 그때 다 죽고 딱 한 사람만 살아남았어요. 누군 줄 아세요? 동료 어깨에 매달려 있던 제 친구예요. 자기가 붙잡고 있던 사람이 가라앉는 걸 보면서 삶과 죽음이 한순간이란 걸 번쩍 깨닫고 정신을 바짝 차린 거죠. 살고 죽는 건 정말 한순간이에요. 찰나예요."

태어나는 동시에 인간은 바다에 내동댕이쳐진 채 구명튜브에 매달린 존재가 된다. 그곳에서 삶과 죽음은 한순간이다. 한순간을 놓치면, 비록 살아 있다고 해도 살아 있는 것이 아니다. 깨어 있지 않으면 우리는 심연으로 가라앉고 있는 산송장에 불과한 것이다. 내겐 선지식과 다를 바 없는 길동무들이 각자 집으로 돌아가고 나면, 나는 홀로 목장의 야외 테이블에 앉아 노트북을 켜고 자판 위를 토닥토닥 달리곤 한다. 간혹 초원에서 놀던 말들이 내려와 마구간 앞마당의 커다란 물통에 코를 박고 물을 마시다가 나를 바라본다.

"이봐, 카우보이! 삼나무 숲 위로 보름달이 떴어."
"그렇군, 정말 환상적인 밤이야."

말들이 들판으로 되돌아가고 보름달이 정수리 위로 지나
갈 무렵 마구간 마당에서 샤워를 한다. 물통 가득 고인 달빛을 몸에 붓는다. 안 춥냐고? 춥다. 그렇지만 더할 나위 없이 상쾌하다. 이제 들판 한가운데 컨테이너로 돌아갈 시간. 어둠 속에서 지켜보는 사슴들의 눈동자마다 알몸의 사내가 달빛을 밟으며 집으로 돌아가는 모습이 맺힌다. 나는 컨테이너 문턱에 걸터앉아 밤바다를 내려다보며 롤프 포츠가 쓴 《여행의 기술》에서 했던 말을 떠올린다.

여행의 자유를 얻기 위해 무슨 일을 하든 간에 그 일이 여행의 일부라는 사실을 잊어서는 안 된다.

– 롤프 포츠의 《여행의 기술》 중에서

서점에 가면 두 개의 《여행의 기술》을 찾을 수 있다. 알랭 드 보통의 《여행의 기술》은 원제 Art of Travel을 그대로 한국어로 옮긴 제목이고 롤프 포츠의 《여행의 기술》은 Vagavonding을 번역한 책이다. 배거본딩은 Vagavond(일정한 거처 없이 떠돌아다니는 사람을 뜻하는 단어로 라틴어에 어원을 두고 있다)에 ing를 붙인 조어다. 알랭 드 보통의 《여행의 기술》과 구분하기 위해서 차라리 《방랑의 기술》이라고 했더라면 더 낫지 않았을까, 하는 생각도 든다.

아무튼 나의 경우엔 알랭 드 보통의 《여행의 기술》보다는 롤프 포츠의 《여행의 기술》에 더 호감이 간다. 알랭 드 보통은 여행에 대해 섬세하고 내밀한 문장들을 써놓은 문장가이며 놀라운 식견을 지닌 분석가이지만 결코 '여행자'는 아니다. 롤프 포츠는 그에 비해 덜 문학적이고 더 단순한 글을 쓰는 사람이지만 '인터넷 시대의 잭 케루악'이라 불리는 진정한 '여행자'다. 그리고 알랭 드 보통의 《여행의 기술》이 패키지 여행을 떠나는 사람들에게 알맞은 책이라면, 롤프 포츠의 《여행의 기술》은 삶과 일(반안식적 직업) 그 자체를 여행으로 받아들이며 세계를 향해 길 떠나는 사람들에게 알맞은 책이다. 나는 여름이 끝나 목장 일이 한가해지고 나면 제주시로 내려가 바(Bar)에서 새 일을 시작하기로 했다.

또 다른 여행이 또 다른 지혜로 나를 이끌어 줄 것이다.

# 그해 여름 도두항에서

한여름 소나기처럼 제주도 목장의 카우보이로 내 생의 한 시절을 지낸 뒤, 나는 한라산에서 내려왔다. 이전에도 목조 건물을 짓는 데 참여하느라 성산과 우도가 보이는 세화리 동동마을에서 3개월가량 지낸 적이 있었다. 내륙에서 온 관광객들이 제주도를 보고 가는 기간에 비하면야 꽤 긴 시간 머물러 있었던 셈이지만 섬을 떠날 땐 더 많이, 더 오래 제주도의 풍광을 보지 못한 것이 못내 아쉬웠다. 이번에도 마찬가지였다. 그래서 나는 서울로 돌아가는 대신 제주도에서 좀 더 지내보기로 했다. 중산간 목장에서 내려와 며칠간은 해수욕장과 오름과 길들로 수놓인 제주도를 만끽하며 보냈다. 그런 후 일자리를 구했다. 제주 시청 근처 조그만 바(Bar)였다. 이제 숙소를 구해야 한다.

처음 그 방에 들어설 때부터 좋았다. 도두항에 자리 잡은 펜션의 꼭대기 방. 테라스로 나가 왼쪽을 바라보자 한라산 아래 봉긋봉긋 초록빛 오름들이 나지막하게 솟아 있었고, 그 풍경 사이로 비행기 한 대가 은빛 동체를 내리깔며 지나갔다. 오른쪽으로 고개를 돌려 북쪽 바다를 바라보자 추자도가 수평선 위로 아스라이 떠올랐다. 침대에서 통유리를 통해 바로 보이는 맞은편 바다 위엔 빨간 등대가 우두커니 서 있었다. 마을은 너무 북적거리지도, 너무 한적하지도 않고 적당히, 그래 적당히 서늘하고 적당히 드라이한 느낌이었다. 목장에서 번 돈으로 펜션에서 묵다니, 지나친 호사였지만 여름 내내 땀 흘려 일했으니 이 정도 호사를 누리면 또 어떠냐고 스스로를 설득하며 물었다. 서향의 이 꼭대기 방이 매일 저녁 어떤 일몰을 보여줄지 궁금하지 않니?

처음 그 방으로 이사(그래 봐야 낡은 자동차 트렁크에 싣고 다니던 짐이 전부였다)한 날의 일몰은 캔버스에 붉은 물감을 100만 리터쯤 들이부은 것처럼 황홀했다. 그 후 나는 날마다 오후 6시를 기다렸다. 과연 오늘은 또 어떤 빛깔, 어떤 형상의 일몰이 저 바다를 물들일까? 바다는 단 하루도 같은 풍경을 보여주지 않았다. 어떤 화가가 같은 장소, 같은 배경을 저토록 다양한 모습으로 그려놓을 수 있겠는가? 하루는 태양이 동그란 유리병 속에서 출렁이는 적포도주처럼 보였다. 그 붉디 붉은 술을 통째로 들이켜고 싶다는 생각을 할 때, 바다는 10년 전에 읽은 한 편의 시를 읽어주었다.

그대로 타오르던 한 덩어리 불
세계로 번지던 거대한 장미
모든 것을 잊게 했구나

모든 것을 알게 했구나
부서지게 했구나
죽어가며 다시 태어나게 했구나

- 이승훈의 〈삐노의 일몰〉

일몰을 다 지켜본 후, 그날도 나는 일을 하러 나갔다. 에밀 쿠스트리차 감독의 〈아리조나 드림〉의 OST에 수록된 이기 팝의 노래를 들으며 제주시청 뒤 새 직장으로 갔다. 나는 그 Bar에서도 많은 페이지를 읽었다. 나는 맥주를 따랐고, 그곳에서 만난 사람들은 자신이 갖고 있는 페이지를 펼쳐 보여 주었다. 늘 스페인으로 떠나겠다는 말을 하지만 떠나지 못하는 주인, 내가 쓰고 있던 모자에 새겨져 있는 이름 재키 로빈슨(메이저리그 최초의 흑인 선수)을 존경한다는 백인 사내, 어려서 외국으로 입양되었다가 한국으로 돌아온 영어강사, 죽고 싶어서 유한락스를 들이마셨지만 친구가 발견하는 바람에 미수에 그쳤다는 여대생, 술자리 내내 국제 정세를 떠들어 대는 미국인 청년, 어린아이처럼 칭얼대는 어머니 때문에 다른 고장으로 떠날 수가 없다며 울먹이는 피부관리사, 거리에서 레게 음악을 연주하며 번 돈으로 여행하는 젊은이, 바다 건너 내륙에서 꼭 성공하고 싶다는 인디 록밴드의 베이시스트, 레드 제플린의 음악이 나오면 자리에서 일어나 인형처럼 공허한 눈빛으로 춤을 추는 금발의 여자. 그리고 또 다른 사람, 사람, 사람들. 짧은 기간이었지만 나는 그곳에서 많은 페이지를 읽었고, 그리고 가을이 다가올 무렵 떠났다. 가게를 나오던 날, 나는 주인에게 나에게 지급해야 할 급료를 함께 일하던 바텐더(그녀는 미대를 다니다가 비싼 학비 때문에 휴학을 하고 아르바이트하고 있었다)에게 지급해 달라고 당부했다. 수중엔 목장 일로 번 얼마 안 되는 돈이 남아있었지만 펜션의 월임대료를 내고, 페리호에 차를 싣고 인천항으로 가기엔 충분했다.

어떤 사람은 한 페이지만을 읽고 책의 전부를 파악하기도 하고, 어떤 사람은 모든 페이지를 읽고도 책이 무슨 얘기를 하는지 알 수 없다고 말한다. 나는 과연 세상이라는 책의 몇 페이지를 읽어야 이 책이 진정 무슨 얘기를 하고 싶은지 알 수 있을까? 나는 모른다. 그래서 다시 길을 떠난다. 내가 지나는 길 뒤로 또 다른 페이지, 또 다른 페이지가 넘어가고 그러다가 어느 날 '모든 것을 알게 했구나' 하고 외치게 해줄 한 페이지를 읽게 되는 날이 오겠지. 물론 결코 그런 날이 오지 않을 수도 있으리라. 그럼 또 어떠랴, 길 위에서 햇살과 바람과 풍경이 들려주는 문장들을 듣던 순간이 행복했다면 그뿐.

길 위에서 책을 만나다

초 판 1쇄 인쇄　2010년　4월　9일
초 판 1쇄 발행　2010년　4월 15일

지은이 ｜ 노동효
발행인 ｜ 정상우
편집 ｜ 기획출판 서재(070-8853-8840)
발행처 ｜ 오픈하우스
출판등록 ｜ 2007년 11월 29일(제13-237호)
주소 ｜ 서울시 마포구 서교동 465-18번지(121-841)
전화 ｜ 02-333-3705 팩스 ｜ 02-333-3745

ISBN 978-89-93824-30-8 (03810)